DAMEN TANGO

romane cu dragoste

CHRISTINE FÉRET-FLEURY a fost editor la Gallimard Jeunesse. În 1996 a debutat ca scriitoare cu o carte pentru copii, *Le petit tamour,* iar în 1999 i s-a tipărit primul volum pentru adulți, *Les vagues sont douces commes des tigres,* cu care a câștigat Premiul Antigona. Au urmat apoi opt cărți, autoarei plăcându-i să-și încerce forțele în diverse genuri și dorind să experimenteze cât mai mult în materie de literatură.

Fata care citea în metrou

Christine
Féret-Fleury

Traducere din limba franceză
Mihaela Stan

NEMIRA

Coperta: Cristian FLORESCU, Ana NICOLAU
Foto autoare: © Ph. Matsas

**Această lucrare a apărut cu sprijinul
Programului Aide à la Publication
al Institutului Francez**

Descrierea CIP a Bibliotecii Naționale a României
FERET-FLEURY, CRISTINE
Fata care citea în metrou / Cristine Feret-Fleury;
trad. din lb. franceză. Mihaela Stan – București:
Nemira Publishing House, 2017
ISBN 978-606-43-0034-8

I. Stan, Mihaela (trad.)

821.133.1

Redactor: Monica ANDRONESCU
Tehnoredactor: Magda BITAY
Lector: Irina CERCHIA

Tiparul executat de ART PRINT S.A.
Tel: 0723.13.05.02, e-mail: office@artprint.ro

ISBN 978-606-43-0034-8

Pentru Guillaume și Madeleine, edițiile mele princeps...

Și pentru tine, micuțule Robin, venit pe lume în timp ce terminam de scris ultimele fraze ale acestui roman. Fie ca acești „prieteni de hârtie", cărțile, să te însoțească negreșit, să te bucure și să te liniștească toată viața!

„Întotdeauna mi-am imaginat că paradisul ar fi un soi de bibliotecă."

Jorge Luis Borges, *Aleph*

1

Bărbatul cu pălărie verde urca întotdeauna la Bercy, întotdeauna pe ușa din față a vagonului și cobora tot pe acolo peste fix șaptesprezece minute – în zilele când opririle, soneriile și clinchetele metalice se succedau cu regularitate, zilele fără un aflux deosebit, fără accidente, fără alarme, fără grevă, fără opriri pentru reglarea traficului. Zilele obișnuite. Zile în care ai impresia că faci parte dintr-un mecanism bine uns, un uriaș corp mecanic în care fiecare, vrând-nevrând, își găsește locul și își joacă rolul.

Zilele în care Juliette, la adăpostul ochelarilor de soare în formă de fluture și al eșarfei mari, tricotate de buni Adrienne în 1975 pentru fiica sa, o eșarfă măsurând exact doi metri cincizeci, de un albastru-pal, ca al culmilor din zare la ora șapte, într-o seară de vară, sau de oriunde, pe înălțimile din Prades, cum te uiți spre Canigou, se întreba dacă existența ei avea mai multă importanță pe lume decât a păianjenului pe care îl înecase chiar de dimineață în duș.

Nu-i plăcea asta – să îndrepte jetul spre corpul mic, negru și păros, să se uite cu coada ochiului cum picioarele subțiri se agită frenetic, apoi se strâng brusc să vadă insecta rotindu-se, ușoară și insignifiantă ca o scamă de lână smulsă din puloverul ei preferat, până când apa o trage în jos, prin sifon, astupat imediat cu o mișcare energică.

Asasinate în serie. Zi de zi păianjenii reveneau, ieșeau din conducte și țevi după un periplu cu începuturi îndoielnice. Să fi fost mereu aceiași care, odată azvârliți în adâncuri întunecate, greu de imaginat, în măruntaiele orașului semănând cu un imens rezervor de viață colcăitoare și fetidă, se desfăceau, înviau, apoi își reluau urcușul sortit aproape de fiecare dată eșecului? Juliette, ucigașă vinovată și scârbită, se vedea ca o divinitate neîndurătoare și, totuși, distrată sau prea ocupată mare parte din timp să-și îndeplinească misiunea, veghind cu intermitențe asupra gurii de acces în infern.

Ce sperau păianjenii odată ajunși pe uscat – ca să zicem așa? Ce călătorie hotărâseră să facă și în ce scop?

Poate că bărbatul cu pălărie verde i-ar fi putut răspunde, dacă Juliette ar fi îndrăznit să-l întrebe. În fiecare dimineață, își deschidea servieta și scotea o carte învelită în hârtie fină, aproape transparentă, bătând de asemenea în verde, pe care o desfăcea cu gesturi tacticoase, precise. Apoi strecura un deget între două pagini deja separate de o bucată lungă și îngustă din aceeași hârtie și își începea lectura.

Cartea avea titlul *Histoire des insectes utiles à l'homme, aux animaux et aux arts, à laquelle on a joint un supplément sur la destruction des insectes nuisibles*[1].

Mângâia legătura pestriță din piele, cotorul decorat cu fir aurit, de unde titlul ieșea în evidență pe fond roșu.

O deschidea, o apropia de față, îi inspira mirosul mirosea, cu ochii pe jumătate închiși.

Citea două-trei pagini, nu mai mult, ca un gurmand care savurează un *chou à la creme* cu o linguriță de argint. Pe chip i se contura un zâmbet enigmatic și mulțumit – pe care Juliette, fascinată, îl asocia cu Motanul de Cheshire din *Alice în Țara Minunilor*. Din cauza desenului animat.

În stația Cambronne, zâmbetul se ștergea, lăsând loc unei expresii de regret și dezamăgire; împăturea la loc

[1] „Istoria insectelor utile omului, animalelor și artelor, cu un supliment despre distrugerea insectelor dăunătoare“ (n. tr.).

hârtia, punea cartea înapoi în servieta ale cărei închizători scoteau apoi un pocnet sec. Şi se ridica. Nici măcar o dată nu-şi oprise privirea asupra lui Juliette, care, stând pe scaun în faţa lui – sau în picioare, agăţată de bara lustruită zilnic de sute de palme înmănuşate sau nu –, îl sorbea din ochi. Se îndepărta cu paşi mărunţi, cu spatele perfect drept în paltonul încheiat până la gât, cu pălăria înclinată pe sprânceana stângă.

Fără această pălărie, fără acest zâmbet, fără această servietă în care îşi ţinea comoara, probabil că Juliette nu l-ar fi recunoscut. Era un om ca atâţia alţii, nici frumos, nici urât, nici atrăgător, nici antipatic. Un pic corpolent, fără vârstă, mă rog, de o anumită vârstă, ca să vorbim în clişee.

Un om.

Sau mai degrabă un cititor.

„Albina, viermele-de-mătase, afida, coşenila, racul, izopodele, cantaridele, lipitorile..."

– Ce tot zici acolo?

Juliette, care fredona, tresări.

– O, nimic. Un soi de joc... Încercam să-mi amintesc numele...

– Am primit rezultatele DPE[1] pentru apartamentul din bulevardul Voltaire, o anunță Chloé, care nici n-o auzise. La tine e dosarul?

Juliette încuviință din cap cu întârziere. Se gândea și acum la bărbatul cu carte verde, la insecte, la păianjeni – înecase doi de dimineață.

– Dă-mi-le! O să le îndosariez eu, răspunse ea.

Se răsuci cu scaunul, trase o mapă din stelajul care acoperea un întreg perete al biroului și strecură hârtiile în ea. Cartonul, observă Juliette, era de un galben spălăcit. Mai trist nici că se putea. Tot peretele, umflat, înțesat de etichete care se dezlipeau la colțuri, părea gata să se reverse peste ea ca o avalanșă de noroi. Juliette închise ochii, își imagină pleoscăitul, bășicile de gaz spărgându-se la suprafață – mirosul, și își strânse nasul energic între degete pentru a înăbuși greața care o cuprindea.

– Ce ai? o întrebă Chloé.

Juliette dădu din umeri.

– Ești gravidă? insistă colega ei.

– Nici pomeneală. Dar mă gândesc cum poți să lucrezi având asta în față... culoarea asta e scârboasă.

Chloé o privi fix.

[1] *Diagnostic de performance énergétique*, una dintre evaluările tehnice făcute bunurilor imobiliare în Franța (n. tr.).

– Scârboasă, repetă ea, apăsând pe fiecare silabă. Spui prostii. Am mai auzit chestii ciudate, dar așa ceva niciodată. Sunt doar niște dosare. Urâte, de acord, dar... Sigur ți-e bine?

Juliette pianota pe birou în ritm sacadat: *Albina, viermele-de-mătase, afida, coșenila, racul, izopodele, cantaridele, lipitorile...*

– Foarte bine, răspunse ea. Tu ce citești în metrou?

2

Bătrâna doamnă, studenta la Matematică, ornitologul amator, grădinarul, îndrăgostita – cel puțin, așa și-o închipuia Juliette, judecând după respirația ușor sacadată și după lacrimile minuscule care îi picurau de pe gene când ajungea la ultimul sfert din povestea romanțioasă pe care o devora, volume groase, cu colțurile îndoite de atâta citit și răscitit. Coperta înfățișa uneori un cuplu îmbrățișat pe un fond sângeriu sau dantela sugestivă a unui corsaj. Torsul gol al unui bărbat, șoldurile unei femei, un așternut mototolit sau doi butoni de manșetă, sobră punctuație a titlului subliniat de tija îmbrăcată în piele a unei cravașe... și lacrimile care, pe la pagina 247 (Juliette verificase trăgând discret cu ochiul spre vecina ei) creșteau între genele tinerei, apoi se prelingeau spre colțul gurii, în timp ce pleoapele coborau și un suspin involuntar îi ridica sânii rotunzi, pe care se mula bluzița foarte cuminte. Oare de ce pagina 247? se întreba Juliette, urmărind cu privirea o umbrelă deschisă, care străbătea grăbită peronul stației Dupleix, adăpostind de rafalele piezișe o întreagă familie din care ea nu putea zări decât picioarele: piciorușe în catifea maro, picioare mari în blugi, picioare delicate în dresuri cu dungi. Ce se petrecea acolo, ce emoție apărea brusc, ce sfâșiere, ce angoasă care-ți tăia răsuflarea, ce spasm de voluptate sau de abandon?

Visătoare, bătea cu vârfurile degetelor în coperta propriei cărți, pe care nu o mai deschidea prea des, absorbită cum era de observațiile sale. Volumul în format de buzunar, cu muchia pătată de cafea, cu cotorul crăpat, trecea dintr-o geantă în alta, din traista de marți – ziua în care Juliette își făcea cumpărăturile când ieșea de la agenție – în poșeta de vineri – seara de mers la cinema. O carte poștală, strecurată între paginile 32 și 33, nu se mișcase de-acolo de peste o săptămână. Peisajul pe care-l înfățișa, un sat de munte înălțându-se deasupra unui mozaic de câmpuri în tonuri închise, Juliette îl asocia acum cu bătrâna doamnă care frunzărea mereu aceeași carte de rețete culinare și uneori zâmbea de parcă descrierea unui fel de mâncare îi amintea o nebunie din tinerețe; câteodată închidea cartea, își așeza deasupra mâna fără niciun inel și se uita pe fereastră la ambarcațiunile care urcau pe Sena și la acoperișurile lucind de ploaie. Textul de pe coperta a patra era în italiană, așazat deasupra unei fotografii ce reunea doi ardei grași mari, un fenicul dolofan și o bucată rotundă de mozzarella, în care un cuțit cu mâner de os lăsase o brazdă dreaptă.

Albina, viermele-de-mătase, afida, coșenila, racul, izopodele, cantaridele, lipitorile... Carciofi, arancia, pomodori, fagiolini, zucchini... Crostata, lombatina di cervo, gamberi al gratin... Cuvinte-fluturi care zburau încoace și-n colo prin vagonul aglomerat, apoi veneau să se așeze pe vârful degetelor lui Juliette. Imaginea i se părea cam nătângă, dar era singura care-i venea în minte. Chiar așa, de ce fluturi? De ce nu licurici pâlpâind câteva clipe înainte de a se stinge? Când văzuse ea licurici? La drept vorbind, niciodată. Nu mai existau nicăieri licurici – se temea ea. Doar amintiri. Ale bunicii, cea care tricotase eșarfa. Și care aducea puțin cu bătrâna doamnă cu cartea de bucate, aceeași față albă și senină, aceleași mâini un pic prea puternice, cu degete scurte, având drept podoabă tot un singur inel, verigheta groasă care, an după an, se adâncise în carne până o însemnase definitiv. Pielea încrețită, pătată acoperea inelul, corpul mistuia simbolul, se deforma la atingerea lui. „Licuricii", spunea ea, „licuricii sunt stele căzătoare. Eram atât de mică pe atunci, că n-aveam voie să stau trează până târziu, iar serile de vară erau atât de lungi! Cel puțin două ore ziua pătrundea prin fantele dintre jaluzele. Aluneca ușor pe covor, urca pe barele patului meu, apoi, dintr-odată, sfera de sus, din aramă începea să strălucească. Știam că pierdeam ce e mai frumos, clipa în care soarele se cufundă în mare, când marea devine ca vinul, ca sângele. Prin urmare, făceam un nod cu cămașa de noapte, uite așa, vezi? Strâns bine în jurul taliei. Și coboram ținându-mă de umbrarul de viță. O adevărată maimuțică! Și alergam până la capătul câmpului, acolo de unde se putea vedea marea. Când se întuneca de-a binelea, mă legănam pe bariera lăsată mereu deschisă, în spatele crescătoriei de viermi-de-mătase... Acolo i-am văzut. Au venit brusc. Sau au ieșit din pământ. N-am știut niciodată. Tăcuți, plutind în aer, așezați pe firele de iarbă... Încremeneam, nici nu îndrăzneam să respir. Eram în mijlocul stelelor."

Metroul încetinea. Sèvres-Lecourbe. Încă trei stații sau patru, depindea de zi și de dispoziția lui Juliette. Metal care vibra, semnal sonor. Pe neașteptate, se ridică și trecu printre uși chiar când se închideau. Poala hainei i se prinse între acestea, o smuci cu un gest scurt și rămase nemișcată pe peron, gâfâind ușor, în timp ce trenul se îndepărta. În cenușiul matinal, câteva siluete zoreau spre ieșire, înfofolite în paltoane groase. Într-o dimineață de februarie, cui îi plăcea să străbată agale străzile, la întâmplare, observând forma norilor sau iscodind cu privirea în căutarea unui butic deschis de curând sau a unui atelier de olărie?

Nimănui. Oamenii treceau din spațiul bine încălzit al apartamentului în cel al biroului, beau o cafea, comentau căscând sarcinile de peste zi, bârfele, știrile – mereu deprimante. De la stația unde Juliette cobora zilnic și până la ușa agenției nu era decât o stradă. Un șir de trepte, o margine de trotuar, apoi, la stânga, vitrina unei curățătorii, a unei tutungerii și a unui fast-food cu chebap. În vitrina tutungeriei, un pom de Crăciun din plastic, încărcat și acum cu ghirlande și funde din hârtie lucioasă, începea să se acopere de praf. Căciulița roșie cu ciucure alb din vârf, în chip de stea, atârna ca o rufă udă.

Juliette voia să vadă altceva. Se îndreptă spre harta cartierului afișată la capătul stației: dacă ar fi luat-o pe prima stradă la dreapta, apoi, la a doua intersecție, cotea tot la dreapta, nu ar fi făcut mai mult de două minute. Puțin mers pe jos ar încălzi-o. Nici măcar n-ar întârzia – aproape deloc. În orice caz, Chloé deschidea agenția. Fata asta era de-o punctualitate bolnavă. Iar domnul Bernard, directorul, nu venea niciodată mai devreme de nouă și jumătate.

Juliette porni pe stradă cu pași repezi, apoi se forță să încetinească. Trebuia să scape de obiceiul de a se arunca drept înainte, cu ochii fixați asupra țintei. Nimic palpitant n-o aștepta, nimic: dosare de umplut și de aranjat, o lungă listă cu demersuri plictisitoare, o vizionare sau poate două. În zilele bune. Și când te gândești că ea își alesese meseria asta!

Pentru contactul cu oamenii, cum preciza anunțul la care răspunsese, contactul cu oamenii, da, să te apropii de alții și să le citești în ochi visurile și dorințele, să le vii în întâmpinare, să le găsești un cuib unde aceste visuri ar putea să se desfășoare, unde cei temători și-ar recăpăta încrederea, unde cei deprimați ar zâmbi din nou vieții, unde copiii ar crește la adăpost de vânturile prea puternice care zbuciumă și dezrădăcinează, unde bătrânii, cei epuizați, ar aștepta moartea fără spaimă.

Încă își amintea de prima ei vizionare, un el și o ea de treizeci de ani, grăbiți. Juliette le oferise o cafea înainte de a intra în imobil, am nevoie să vă cunosc mai bine pentru a vă descoperi așteptările, afirmase ea cu o siguranță pe care atunci nu o simțea nici pe departe. „Pentru a vă descoperi așteptările" – găsea că formula sună bine, o citise în broșura dată de conducerea agenției fiecărui angajat, însă tipul o privise fix, ridicând o sprânceană, apoi bătuse în cadranul ceasului cu un gest sugestiv. Femeia își verifica mesajele pe smartphone, nu ridicase ochii nici măcar când urcase scara, în timp ce Juliette, paralizată, recita fișa învățată pe de rost cu o seară în urmă, piatră cioplită și farmecul stilului Haussmann, observați pardoseala din hol, refăcută, dar respectând părțile originale, liniște deplină, aveți ascensor până la etajul al patrulea și uitați ce gros e covorul de pe scări! I se părea că propria voce vine de undeva de departe, ridicol de ascuțită, vocea unei fetițe care se joacă de-a femeia în toată firea, îi era milă de ea însăși și o gâtuia o dorință absurdă de a plânge. Cuplul făcuse în fugă turul apartamentului, trei camere cu vedere spre curte, iar ei i se tăiase răsuflarea urmându-i. Cuvintele zburau, se îngrămădeau, tavan înalt, muluri, șemineu de epocă, parchetul în vârf de diamant e foarte rar, posibilitatea de a crea o cameră suplimentară sau un birou, instalând un mezanin... Ei nu o ascultau, nu se uitau unul la altul, nu puneau nicio întrebare. Cu eroism, ea încercase să-i descoasă, cântați la pian, aveți copii sau...? Neprimind răspuns, se blocase la vederea unei raze de soare care cădea pe o lamă de parchet pudrată cu praf, vocea îi suna tot mai îndepărtată, atât de pierită, încât de-acum îi era imposibil oricui s-o mai audă: apartament cu o bună ventilație, foarte luminos, soarele pătrunde chiar de la ora nouă în bucătărie... Ei plecaseră deja, Juliette alergase după ei. În stradă, îi întinsese cartea de vizită bărbatului, care o îndesase în buzunar fără să se uite la ea.

Știa că n-o să-i mai vadă niciodată.

Țipătul unui pescăruș o trezi la realitate. Se opri și ridică ochii. Cu aripile larg întinse, pasărea se rotea deasupra. Un nor jos se strecură pe sub ea, iar ciocul și corpul îi dispărură, nu mai rămaseră decât vârfurile aripilor și țipătul ce reverbera între zidurile înalte. Apoi și acesta se stinse brusc.

O rafală biciui fața tinerei femei, care se clătină. Dezmeticită, privi în jur. O stradă mohorâtă, pustie, mărginită de imobile a căror tencuială, brăzdată de dâre umede, se cojea. Ce căuta ea aici? Se scutură, își îndesă nasul în eșarfa groasă și o luă din loc.

– Zaïde!

Strigătul părea să vină de undeva de foarte sus, dar fetița care alerga spre ea îl ignoră; mlădioasă și rapidă, plonjă printre picioarele lui Juliette și o pubelă răsturnată, ce dădea pe afară de obiecte din plastic destinate reciclării, își adună mâinile și picioarele subțiri subțiri și începu iar să țopăie pe drumul alunecos. Juliette se răsuci s-o vadă cum se îndepărtează, cu fusta învolburată, cu pulovărașul verde ca iarba, cu două codițe săltărețe... și privirea îi căzu pe o poartă înaltă și ruginită, pe care o carte – o *carte* – o ținea întredeschisă.

Pe poartă, o plăcuță din metal emailat, de-a dreptul desprinsă dintr-un film despre anii de război, își zise Juliette, anunța cu litere mari, albastre: *Cărți fără Limite*.

3

Juliette mai făcu trei pași, întinse brațul și atinse ușor foile umflate de umezeală. Își trecu vârful limbii peste buza de sus. Să vadă o carte înțepenită între două panouri de metal îi făcea parcă mai rău decât să înece un păianjen. Cu mișcări încete, își propti ușor umărul într-un canat și împinse; volumul alunecă un pic mai jos. Îl luă și, stând așa lipită de poartă, îl deschise și îl apropie de față.

Îi plăcuse dintotdeauna să miroasă cărțile, să le adulmece, mai ales pe cele cumpărate de ocazie – și cărțile noi aveau arome diferite, în funcție de hârtie și de cleiul folosit, dar nu spuneau nimic despre mâinile care le ținuseră, despre casele care le adăpostiseră: n-aveau încă o istorie, o istorie diferită de cea pe care o povesteau, o istorie paralelă, fără contur precis, tainică. Unele miroseau a muced, altele păstrau între paginile lor urme persistente de curry, de ceai sau de petale uscate; pete de grăsime murdăreau uneori câteva pagini, un fir lung de iarbă, care servise drept semn de carte într-o după-amiază de vară, cădea fărâmițându-se; fraze subliniate sau note scrise pe margine reconstituiau un soi de jurnal intim, schița unei biografii, câteodată mărturia unei indignări, a unei rupturi.

Aceasta mirosea a stradă – un amestec de rugină și fum, de găinaț și de pneuri arse. Dar, curios lucru, și a mentă. Tulpinile se desprinseră dintre file, căzură în liniște și parfumul deveni mai intens.

– Zaïde!

Strigătul răsună din nou, urmat de un tropăit. Juliette simți un trupușor cald lovindu-se de ea.

– Scuzați-mă, doamnă!

Vocea, ciudat de gravă pentru un copil, exprima uimirea. Juliette coborî privirea și întâlni niște ochi întunecați, atât de negri, că pupila părea să ocupe tot irisul.

– Asta e casa mea, zise micuța. Pot să trec?

Juliette murmură:

– Bineînțeles.

Se trase cu stângăcie într-o parte și canatul greu dădu să se închidă. Fetița îl împinse cu ambele mâini.

– Uite de ce tati lasă mereu o carte aici, explică ea pe un ton răbdător. Clanța e prea țeapănă pentru mine.

– Dar de ce o carte?

Întrebarea țâșnise ca un reproș. Juliette simți cum roșește, ceea ce nu i se mai întâmplase de mult – mai ales în fața unei mucoase de zece ani.

Zaïde – drăguț nume! – ridică din umeri.

– Ah, astea! El zice că sunt „cuci". Haios, nu? Ca păsările. Au de trei sau de patru ori la rând aceleași pagini, n-au fost bine făcute, înțelegi? Nu le poți citi. Sau, mă rog, nu cu adevărat. Mi-o arăți pe aia?

Copila ridică bărbia, strânse din pleoape și strănută.

– Am încercat-o. Povestea e tâmpită, cu o fată care cunoaște un băiat, îl urăște, după care îl iubește, apoi el o urăște și... Mă plictiseam atât de rău, că am pus frunze de mentă în ea, măcar să miroasă frumos.

– O idee bună, zise încetișor Juliette.

– Vrei să intri? Ești unul dintre cărăuși? Nu te-am mai văzut până acum.

Cărăuși? Tânăra clătină din cap. Și numele ăsta o făcea să se gândească la un film alb-negru, la siluete neclare, aduse de umeri, aplecându-se prin tuneluri sau târându-se pe sub sârmă ghimpată, la fete pe bicicletă, transportând în gențile lor manifeste ale Rezistenței și zâmbindu-i cu prefăcută candoare unui soldat german cu un soi de castron verde-gri pe cap. Imagini văzute de sute de ori la cinema sau la televizor, atât de familiare, atât de liniștite, că uneori uităm oroarea din spatele lor.

– Dar vrei să fii? continuă Zaïde. E ușor. Hai să mergem la tata!

Juliette schiță din nou un gest de refuz. Apoi privirea i se desprinse de pe chipul fetiței și se opri la plăcuța cu formulă misterioasă – și totuși simplă, cărțile nu cunosc nici limite, nici frontiere, în afară, uneori, de cea a limbii, evident – și-atunci de ce...?

Simțea cum gândurile i-o iau razna, însă își dădea seama că timpul se scurge, că trebuia să plece, să iasă de pe această stradă, să ajungă cât mai curând la lumina de neon din biroul ei din spatele agenției, la mirosul de praf al dosarelor „proprietăți" și al dosarelor „clienți", la trăncăneala nesfârșită a lui Chloé și la tusea domnului Bernard, productivă sau uscată, în funcție de anotimp, la cea de-a patra vizionare a pensionarilor care nu reușeau să se decidă între casa din Milly-la-Forêt și apartamentul cu două camere din Porte d'Italie.

– Haide! repetă hotărât Zaïde.

O luă de mână și o trase în curte, după care așeză cu grijă cartea la loc, în crăpătura porții.

– Acolo, în capăt, la ușa cu geamuri, e biroul. Trebuie doar să ciocănești. Eu o să urc.

– Nu te duci la școală? întrebă mecanic Juliette.

– E un caz de varicelă la noi în clasă, răspunse copilul, dându-și importanță. Ne-au trimis acasă, am și un bilet pentru tata. Nu mă crezi?

Fețișoara rotundă se strânse într-o grimasă de neliniște. Vârful limbii îi răsărea printre buze, roz și neted ca o floare de marțipan.

– Sigur că te cred.

– Atunci, e bine. Sunteți toți atât de bănuitori! încheie fetița, dând din umeri.

Se întoarse dintr-o săritură și codițele începură iar să-i joace pe umeri. Avea părul des, castaniu, cu reflexe aurii acolo unde lumina îl poleia cu sclipirea lui aspră; fiecare codiță era groasă cât încheietura mâinii ei delicate.

În timp ce ea urca în fugă treptele scării metalice, care ducea spre galeria exterioară, întinsă de-a lungul primului etaj al clădirii – o veche fabrică, fără îndoială –, Juliette se îndreptă, șovăind, spre ușa indicată. Nu prea știa de ce o urmase pe fetiță și îi asculta acum ordinul – dacă se gândea bine, era chiar un ordin. Sau un sfat? În orice caz, era complet irațional să se supună: deja întârziase, nici nu trebuia să se uite la ceas. O burniță fină se amesteca de-acum cu vântul și o lovea ușor peste obraji, îndemnând-o să caute căldură, un adăpost temporar... În fond, n-avea de făcut nimic urgent în dimineața asta. Putea să pretexteze că i s-a stricat mașina de spălat, care de luni întregi dădea semne de slăbiciune. Chiar discutase amănunțit cu domnul Bernard, care îi dăduse informații despre diverse modele, insistând asupra mărcilor germane, mult mai fiabile, pretindea el, ba se și oferise s-o însoțească sâmbătă la un magazin pe care-l știa sau cel puțin îl cunoștea pe manager, un văr îndepărtat de-ai lui, un om cinstit, care o va sfătui bine.

Geamul ușii sclipea, oglindind o bucată de cer, dar în fundul încăperii se zărea aprins un bec.

Juliette ridică mâna și ciocăni.

4

– E deschis!

O voce de bărbat. Scăzută, chiar un pic răgușită, cu un accent greu de definit. O formă înaltă se desfășură în capătul încăperii. Juliette împinse ușa și observă cum se clatină un întreg eșafodaj de cutii de carton, dintre care ultimele fuseseră puse curmeziș. „Atenție!" nu se abținu ea să strige, dar prea târziu: cutiile se prăbușiră, stârnind un nor de praf. Tânăra începu să tușească și își acoperi gura și nasul cu mâna; auzi o înjurătură pe care nu o înțelese, văzu sau, mai bine zis, ghici o mișcare – bărbatul căzuse în genunchi; era brunet, îmbrăcat în negru și relativ slab – și, cu cealaltă mână, se frecă la ochii care-i lăcrimau.

– Nu se poate! Clasificasem tot... Mă ajutați?

De astă dată, tonul era poruncitor. Juliette, incapabilă să vorbească, încuviință din cap și porni pe bâjbâite spre lumină, vocea venea dintr-acolo, bărbatul era, așadar, singur, își agita brațele, încheieturile osoase îi ieșeau din mânecile prea scurte, iar acum, că praful se mai așezase, îi vedea profilul bine conturat, aproape ascuțit, nasul drept ca al statuilor grecești sau al războinicilor din frescele de la Cnossos – petrecuse două săptămâni în Grecia vara trecută și de atunci îi vedea deseori în reveriile sale, vânturându-și sulițele și alergând la atac, cu ochii prelungi și oblici arzând de dorința unei nemuriri încărcate de glorie.

– Desigur, murmură ea într-un târziu, fără a avea certitudinea că o auzise.

El răvășea volumele căzute, făcând tot mai multe gesturi inutile, ca un înotător nepriceput. Cărțile îl asaltau până la coapse, se încălecau cu copertele alunecând unele peste altele, se desfăceau în evantai, se deschideau; ei i se păru brusc că aude ciripitul unui pițigoi care-și luase zborul dintr-un tufiș.

Când ajunse chiar în fața lui, bărbatul ridică ochii, arătându-și descumpănirea cu simplitatea unui copil.

– Nu mai știu cum le-am aranjat. După temă sau după țară, poate. Ori după gen.

Adăugă apoi, ca pentru a se scuza:

– Sunt foarte distrat. Fata mea îmi reproșează mereu asta. Zice că o pasăre mi-a luat capul cu ea acum multă vreme.

– Mica Zaïde? întrebă Juliette, deja ghemuită, cu mâinile printre pagini. E fiica dumneavoastră?

O serie aproape completă a romanelor lui Zola i se etala sub ochi: *Izbânda familiei Rougon*, *Haita*, *Greșeala abatelui Mouret*, *O pagină de dragoste*, *Pot-Bouille*, *Nana*, *Creație*... Le adună și le ridică într-un teanc stabil pe podea, la marginea maldărului de volume.

– Ați întâlnit-o?

– Da, ea mi-a propus să intru.

– Trebuia să-i spun să fie mai atentă.

– Par așa de periculoasă?

De sub cărțile lui Zola, chipul brăzdat de o mustață fină al unui bărbat o fixa cu insolență. Juliette descifră titlul: *Bel-Ami*.

– Maupassant, zise ea. Și acolo, Daudet. Romane naturaliste. Poate ați încercat să le sortați după genul literar...

El nu o asculta.

– Nu, nu păreți periculoasă, recunoscu după ce chibzui o clipă. Sunteți librar? Sau profesoară? Bibliotecară oare?

– Nicidecum, eu... lucrez în domeniul imobiliarelor. Dar bunicul era librar. Când eram mică, îmi plăcea la nebunie magazinul lui. Îmi plăcea mult să-l ajut. Îmi plăcea mirosul cărților...

Mirosul cărților... Îl simțea chiar dinainte să intre în librărie, de cum zărea vitrina îngustă, în care librarul nu expunea mai mult de un volum o dată; în general, o carte de artă, deschisă pe un pupitru, din care întorcea o pagină în fiecare zi. Unii oameni se opreau, își amintea ea, ca să privească imaginea zilei, un mic Ruisdael[1], un portret de Greuze[2], un peisaj marin de Nicolas Ozanne[3]...

Pentru fetița de atunci și adolescenta de mai târziu, acesta era palatul din *O mie și una de nopți*, refugiul din după-amiezile ploioase de miercuri, pe care și le petrecea ordonând pe rafturi cărțile nou-venite sau citind în depozit. Bibliofil pasionat, mereu în căutare de ediții rare, bunicul ei cumpăra biblioteci întregi de cărți de ocazie, din care mare parte erau îngrămădite în lăzile înalte din dreapta ușii. Scotocind prin aceste comori, Juliette descoperise nu doar clasicii literaturii pentru copii, ci și opere ale unor autori oarecum uitați, Charles Morgan, Daphné Du Maurier, Barbey d'Aurevilly, plus un șir de romanciere din Anglia, printre care Rosamond Lehmann. Devora romanele Agathei Christie ca pe bomboane...

Ce bune erau!

Glasul bărbatului în negru o readuse brutal în prezent:

---

[1] Jacob van Ruisdael (1628–1682), pictor peisagist olandez (n. tr.).

[2] Jean-Baptiste Greuze (1725–1805), pictor și desenator francez (n. tr.).

[3] Nicolas-Marie Ozanne (1728–1811), desenator francez (n. tr.).

– Uitați, luați-le pe-astea! Acum îmi aduc aminte că nu știam unde să le pun. Ceea ce înseamnă, presupun, că sunt gata să plece.

Din reflex, desfăcu brațele să primească vraful de cărți pe care el i-l întindea, apoi repetă uimită:

– Gata să plece?

– Da. Nu de aceea vă aflați aici? Vreți să faceți parte dintre cărăuși? Firește, ar fi trebuit să vă pun întrebări înainte. Pregătisem o listă pe acolo – arătă cu un gest evaziv biroul plin de hârțoage și de tăieturi din ziare –, dar nu o găsesc niciodată când am nevoie. Pot, totuși, să vă ofer o cafea.

– Eu... Nu, mulțumesc, trebuie să...

– Se impune, totuși, să vă explic... modul în care funcționăm... noi, adică ei, fiindcă eu... În sfârșit, e ceva mai complicat. Eu nu ies.

Se ridică, sprijinindu-se sprinten în mâini, păși peste cutiile de carton și se îndreptă spre capătul încăperii, unde o măsuță suporta povara unui soi de eșafodaj metalic construit cu migală, precum și niște cești și o cutie cu inscripția desuetă *Biscuits Lefèvre-Utile*.

– E o cafetieră inventată de mine, explică el, întors cu spatele. Funcționează aproximativ după principiul sobei cu peleți... Înțelegeți, ce vreau să zic?

– Nu prea, murmură Juliette, care simțea că alunecă în irealitate.

Era în întârziere. În mare întârziere acum. Chloé trebuie să o fi sunat deja pe mobil – închis – să afle dacă e bolnavă, domnul Bertrand trecuse deja de ușa biroului lui, din stânga intrării în agenție, își scosese paltonul și îl agățase în dulap, verificând ca umerii să fie bine așezați pe suportul de al cărui cârlig atârna un disc din lemn de cedru împotriva moliilor. Și pornise cafetiera personală, pusese două cuburi de zahăr în ceașcă din porțelan de Limoges, cu două dungulițe aurii drept chenar, unica rămasă, îi mărturisise el cândva, din serviciul mamei sale, o femeie încântătoare, dar zăpăcită, care le spărsese pe toate celelalte, aruncând una chiar în capul lui taică-său când descoperise că o înșela cu secretara, o chestie clasică. Telefonul sunase deja – o dată sau de două ori. Chloé preluase apelurile. Oare cât era ceasul? Aruncă o privire îngrijorată spre fereastră (de ce spre fereastră?), apoi inspiră aroma cafelei și își uită vinovăția. El învârtea energic manivela râșniței de lemn. Fredona, de parcă uitase de prezența ei. Juliette mai degrabă simți decât auzi melodia învăluind-o pentru o clipă înainte de a dispărea.

– Pe mine mă cheamă Soliman, spuse el întorcându-se spre ea. Pe dumneavoastră?

5

– Tata îl adora pe Mozart, spuse el ceva mai târziu, în timp ce sorbeau încet din cafeaua neagră și tare, aproape licoroasă. Și surorii mele, și mie ne-a dat nume de personaje din opera *Zaïde*. Iar fiica mea poartă acest prenume.

– Și mama dumneavoastră? Era de acord?

Conștientă de gafă, Juliette se îmbujoră și lăsă ceașca din mână.

– Îmi pare rău! Uneori spun tot ce-mi trece prin cap. Nu-i treaba mea.

– Nu face nimic, replică el cu un zâmbet abia schițat, care îi îndulcea trăsăturile ascuțite. Mama a murit foarte tânără. Și de multă vreme nu mai era pe de-a-ntregul cu noi. Era absentă... într-un fel.

Fără să mai ofere alte explicații, bărbatul își lăsă privirea să rătăcească peste cutiile de carton stivuite de-a lungul pereților, aliniate cu grijă, aproape îmbucate – un zid ce căptușea zidul inițial, izolând mica încăpere de lumina și de zgomotele de afară.

– Cunoașteți principiul cărților călătoare, rosti bărbatul după câteva clipe de tăcere. Un american, Ron Hornbaker, a creat ori, mai bine zis, a sistematizat conceptul în 2001. Să transformi lumea toată într-o bibliotecă... Bună idee, nu? Pui o carte într-un loc public, gară, bancă dintr-un scuar, cinematograf, cineva o ia, o citește, apoi, peste câteva zile sau săptămâni, o lasă la rândul lui în altă parte.

Își împreună mâinile sub bărbie într-un triunghi aproape perfect.

– Totuși, era nevoie să poți urmări cărțile „puse în libertate", să le reconstitui itinerarul, să li se permită cititorilor să-și împărtășească impresiile. Așa a apărut site-ul asociat mișcării, unde se înregistrează fiecare carte. I se atribuie un identificator, ce trebuie semnalat lizibil pe copertă, cu URL-ul site-ului. Astfel, cel care găsește o carte călătoare poate să anunțe data și locul descoperirii, să-și exprime o părere sau o obiecție...

– Deci cu asta vă ocupați? îi tăie vorba Juliette.

– Nu chiar.

Bărbatul se ridică, se duse la teancurile pe care Juliette, de bine, de rău, le reconstituise și luă câte un volum din fiecare.

– Iată! Avem o selecție destul de aleatorie de lecturi posibile. *Război și pace* de Tolstoi. *Tristețea îngerilor* de Jón Kalman Stefánsson. *Suita franceză* de Irène Némirovsky. *Lupta din miezul iernii* de Jean-Claude Mourlevat. *Nimic nu se opune nopții* de Delphine de Vigan. *Cavalerul Lancelot* de Chrétien de Troyes. Următorul cărăuș care intră în camera asta va avea răspunderea de a transmite aceste cărți.

– Răspunderea? accentuă Juliette.

– N-o să le lase în natură sau în tren. Nu se va baza pe noroc, dacă vreți, ca volumele să-și găsească cititorii.

– Dar cum...

– Va trebui să le *aleagă* un cititor. Sau o cititoare. Cineva pe care l-a observat, pe care l-a urmărit chiar, până când a intuit de ce carte are *nevoie* respectiva persoană. Nu vă faceți idei greșite, e o adevărată muncă. Nu dai o carte ca sfidare, din capriciu, din dorința de a bulversa sau a provoca, exceptând cazul când nu există un motiv. Cei mai buni cărăuși ai mei sunt înzestrați cu o mare putere de empatie: simt, în adâncul lor, frustrările, resentimentele strânse într-un corp pe care, la prima vedere, nimic nu-l deosebește de un altul. Mă rog, trebuia să spun cel mai bun cărăuș *al meu*; celălalt ne-a părăsit de curând, din păcate.

Așeză cărțile, se întoarse și luă delicat, cu două degete, o fotografie mărită în format A4.

– Voiam s-o pun pe perete, în acest birou. Dar nu i-ar fi plăcut. Era o femeie discretă, tăcută, secretoasă chiar. N-am știut niciodată exact de unde venea. Și nicidecum nu știu de ce s-a hotărât să termine cu viața.

Juliette simți un nod în gât. Pereții de cărți păreau că se apropie de ea, compacți, amenințători.

– Vreți să spuneți că...

– Da. S-a sinucis acum două zile.

Împinse fotografia pe masă, spre Juliette. Era o imagine alb-negru, ușor granuloasă, cu detaliile estompate de distanță și de calitatea proastă a copiei, însă tânăra o recunoscu imediat pe femeia cu trup împlinit, strâns într-o haină de iarnă, întoarsă pe trei sferturi spre obiectivul aparatului.

Era femeia cu cartea de bucate, cea de pe linia 6 – cea care, de multe ori, privea afară cu un zâmbet misterios, de parcă ar fi așteptat ceva.

– Sunt cu adevărat dezolat... Ce prostie am făcut!

Soliman repeta a patra sau a cincea oară aceste cuvinte. Îi adusese lui Juliette o cutie cu șervețele, încă o ceașcă de cafea, o farfurie – nu foarte curată – pe care răsturnase cutia de biscuiți.

– O cunoșteați?

– Da, reuși ea să răspundă într-un târziu. De fapt, nu. Mergea pe aceeași linie de metrou cu mine, dimineața. Ce-i drept, ieri nu am văzut-o, nici alaltăieri. Ar fi trebuit să-mi dau seama... Ar fi trebuit să fac ceva pentru ea...

Bărbatul trecu în spatele ei și îi masă umerii cu mișcări stângace. Palma lui aspră și puternică o revigoră.

– Nici pomeneală. N-ați fi putut face nimic. Ascultați-mă, sunt dezolat, cu adevărat dezolat...

Juliette începu să râdă nervos.

– Nu mai repetați asta!

Se îndreptă de spate, clipind des, ca să-și alunge lacrimile. Mica încăpere părea să se fi micșorat și mai mult, de parcă pereții de cărți avansaseră cu un pas spre interior. Era imposibil, bineînțeles. La fel cum imposibilă era curbura pe care i se părea că o observă deasupra capului – oare volumele de pe rândul de jos chiar se aplecau spre ea, cu cotoarele gata să-i șoptească vorbe de consolare?

Juliette clătină din cap, se ridică și își scutură firimiturile de biscuiți de pe fustă. I se păruseră moi, ciudați la gust; prea multă scorțișoară, probabil. El nu mâncase. Fuioarele de aburi scoase și acum de cafetieră – care zăngănea ușor la intervale regulate – țeseau în dreptul feței lui un văl unduitor ce-i estompa trăsăturile. Se uitase discret la el, ferindu-și ochii ori de câte ori îi întâlneau pe ai lui. Se simțise ușurată când el se ridicase și trecuse în spatele ei. Parcă niciodată nu văzuse sprâncene atât de negre și o privire atât de tristă, deși un zâmbet permanent îi atenua conturul aspru al buzelor. Un chip care evoca deopotrivă furtuna, victoria, declinul. Oare ce vârstă să aibă?

– Chiar trebuie să plec, zise ea, mai mult ca să se convingă pe sine decât ca să-l anunțe pe el.

– Dar o să veniți din nou.

Nu era o întrebare. Îi întinse pachetul de cărți legat cu o curea de pânză. Ca odinioară, se gândi ea, manualele pe care școlarii le cărau în spate, povară legănătoare și țeapănă. Nu era mirată; nici nu și l-ar fi imaginat folosind o sacoșă de plastic.

– Da. O să vin.

Îndesă volumele sub braț, se răsuci și porni spre ușă. Când să apese pe clanță, se opri.

– Vi se întâmplă să citiți romane sentimentale? întrebă ea fără să se întoarcă.

– O să vă surprind, răspunse el. Da. Din când în când.

– Ce se întâmplă la pagina 247?

Timpul trecea. Bărbatul părea să reflecteze la întrebare. Ori poate urmărea o amintire. Apoi spuse:

– La pagina 247, totul pare pierdut. Știți, e cel mai bun moment.

6

În picioare, în vagonul arhiplin, Juliette simțea geanta de pânză înghiontind-o într-o parte, chiar între coaste și șoldul stâng. Cărțile, își zise, încercau să pătrundă în ea cu colțurile lor, fiecare împingându-se ca să fie prima, mici sălbăticiuni captive și încăpățânate, iar în dimineața aceasta aproape ostile.

Știa de ce. În ajun, când se întorsese acasă – până la urmă sunase la agenție ca să spună că nu se simte prea bine, nu, nu, nimic grav, o chestie care nu trecea, dar o zi de odihnă avea s-o pună pe picioare –, le vârâse pur și simplu în geanta cea mare de vineri, cea pentru cumpărături, trăsese fermoarul, apoi o așezase lângă ușa de la intrare, cu umbrela deasupra, fiindcă prognoza meteo anunța vreme cam mohorâtă. După aceea deschisese televizorul, dăduse sonorul foarte tare și mâncase o lasagna congelată, încălzită la microunde, uitându-se la un documentar despre corbul-de-mare alb, apoi la altul despre un star rock decăzut. Simțea nevoia ca zgomotele lumii să pătrundă între ea și magazia ticsită de cărți, între ea și ora pe care o trăise în încăperea minusculă, nu, nu minusculă, ci invadată, în acel birou unde spațiul încă liber părea să fi fost clădit din interior de fiecare volum pus pe o etajeră sau stivuit între picioarele unei mese, lângă un fotoliu sau pe rafturile frigiderului deschis și cald.

Făcuse să-i dispară din ochi, din simțuri, dacă nu chiar din memorie tot ce adusese din acea cameră; cu gura plină de gustul dulceag al pastelor industriale, cu timpanele saturate de muzică, exclamații, strigăte de păsări, mărturisiri, analize, flecăreli, își regăsea mediul familiar, banalul, nu-prea-răul, aproape suportabilul, viața, singura viață pe care o cunoștea.

Și în dimineața aceasta cărțile erau supărate pe ea că le ignorase. Ce idee stupidă!

– Cam tare chestia asta, mormăi vecinul ei, un bărbat mărunt, sugrumat într-o parka în culori de camuflaj. Ce cărați în geantă?

Cu privirea pironită pe creștetul omului, unde o calviție rozalie și lucioasă se contura printre șuvițele date cu gel, Juliette răspunse automat:

– Cărți.

– La vârsta dumneavoastră? Probabil am halucinații. Rețineți că nu vă critic, e bine să citești, dar ați face mai bine să...

Juliette nu auzi sfârșitul frazei, metroul tocmai se oprise zdruncinându-se, ușile se deschideau, iar individul arțăgos, luat de valul corpurilor în mișcare, dispăruse deja. O femeie înaltă și slabă, într-un impermeabil șifonat, îi luă locul. Aceasta nu se plânse, se balansă tot drumul în direcția volumelor, care păreau să se fi aranjat singure, astfel încât să ofere cât mai multe colțuri la cea mai mică atingere. Juliette suferea pentru ea și se lipea de peretele subțire și tremurător, dar chipul pe care-l zărea din profil nu trăda nicio neplăcere, oricât de măruntă; doar o lehamite evidentă, trainică precum o carapace bine prinsă și îngroșată de timp.

În sfârșit, ajunse în stație, se strecură printre călătorii care urcau scările și cei care coborau, păși pe trotuar împleticindu-se, căută din ochi vitrina agenției, cu dreptunghiurile albe în chenar viu, portocaliu, ale anunțurilor afișate, și alergă până la intrare.

Era prima. Așa că putu să-și arunce geanta sub haină, în dulapul metalic în care cele două angajate își țineau lucrurile personale. Apoi trânti ușa cu o violență inutilă și se așeză la biroul ei, unde o așteptau un vraf de dosare incomplete și un post-it cu scrisul dezordonat al lui Chloé:

Mai ești bolnavă? Eu sunt la vizionare now, merg direct la apartamentu' nașpa din strada G. Pupici!

„Apartamentu' nașpa din strada G." însemna o lungă, foarte lungă vizionare. Chloé făcuse o provocare personală din locuința de cincizeci de metri pătrați în care mai tot spațiul era înghițit de un hol și o baie nejustificat de mare, adăpostind o cadă cu picioarele ca niște labe de leu mâncate de rugină. Cu câteva zile în urmă, Juliette o ascultase elaborându-și un plan de bătaie, înșirând cu entuziasm avantajele unei căzi în mijlocul Parisului.

– În cazul unui cuplu, asta le va trezi libidoul. Trebuie să se imagineze împreună în cada plină cu spumă, masându-și picioarele cu ulei parfumat.

– Și rugina? Și linoleumul crăpat? Astea nu mi se par prea *glamour,* obiectase Juliette.

– O să duc acolo vechiul covor chinezesc al bunică-mii, e în pivniță, mama nici n-o să-i observe lipsa. Și o plantă verde. Vor crede că se află într-o seră, știi tu, ca în cartea aia pe care mi-ai dat-o tu... Plicticoasă și lungă, n-am putut s-o termin, dar era acolo o chestie mișto, cu multe flori, cu fotolii din răchită...

Da, Juliette știa. Cartea era *Haita* de Zola, pe care Chloé i-o înapoiase cu comentariul: „Ăștia fac atâta caz pentru un fleac!" Totuși, se pare că apreciase farmecul ucigător al scenei în care, în seră, Renée Saccard se dăruiește tânărului său fiu vitreg, în mijlocul parfumurilor îmbătătoare ale florilor rare, adunate acolo drept mărturie pentru averea și bunul-gust al soțului ei.

– Ar fi trebuit să vii la cursul de *Home Staging*, continuase Chloé condescendentă. A fost extrem de interesant. Trebuie să aducem viața în apartamente, înțelegi? Viața pe care oamenii își doresc s-o aibă. Când intră, trebuie să-și zică: „Dacă voi sta aici, o să devin mai puternic, mai important, mai popular. O să obțin promovarea pe care o vreau de doi ani și pe care nu îndrăznesc s-o cer, fiindcă mă tem să nu-mi trântească ușa în nas, o să câștig cinci sute de euro în plus, o s-o invit în oraș pe fata de la Publicitate și ea o să spună da."

– Le vinzi o iluzie...

– Nu, un vis. Și îi ajut să se proiecteze într-un viitor mai bun, încheiase Chloé pe un ton sentențios.

– Nu-mi mai recita cursul! exclamase Juliette. Chiar crezi toate astea?

Chloé se uitase țâfnoasă la colega ei.

– Bineînțeles. Câtă vreme îmi iau bonusul. Ce deprimantă poți fi!

Telefonul sună. Era Chloé:

– Adu-mi o carte! Ai sertarul de la birou plin. Le-am văzut, îi aruncă ea acuzator.

– Ce gen de carte? întrebă Juliette, ușor descumpănită. Și de ce tu...

– Nu contează. E pentru măsuța pe care o s-o împing lângă cadă. În felul ăsta, o să se vadă mai puțin rugina. O să pun și o veioză, stil vintage, cu perle pe margine, cică există fete cărora le place să citească în cadă. Vezi imediat atmosfera.

– Credeam că vrei să sugerezi hârjoneli erotice în cadă.

– Tipul nu va fi mereu aici. Și-n plus, e bine să mai răsufli din când în când.

– Dacă zici tu, te cred, replică amuzată Juliette.

Chloé colecționa iubiți de-o seară, jelea fiecare weekend de celibat ca pe-o tragedie și cu siguranță nu i-ar fi trecut niciodată prin minte să-i invite în baia ei cu spumă pe Proust sau pe Faulkner.

– O să văd ce pot face, spuse ea înainte să închidă.

Chloé văzuse bine: ultimul sertar al biroului lui Juliette, cel mai adânc – în consecință, prea puțin practic pentru păstrarea în ordine a dosarelor –, era burdușit cu cărți în format de buzunar, relicve a patru ani de drumuri casă-slujbă, cărți între paginile cărora strecurase, în hazardul lecturilor ei întrerupte, bilete de cinema sau bonuri de la curățătorie, flyerul vreunei pizzerii, programe de concert, foi rupte dintr-un carnet pe care mâzgălise liste de cumpărături sau numere de telefon.

Când trase de mânerul metalic, sertarul greu se zdruncină pe șine cu un scârțâit, apoi se opri brusc și vreo șase volume se împrăștiară pe jos. Juliette le culese și se ridică să le pună lângă tastatură. N-avea rost să scotocească în sertar, primul titlu găsit va rezolva chestiunea. „Titlu" era cuvântul potrivit, oricum Chloé nu-l va citi decât pe acesta.

Titlul. Da. Era important. Să citești în cadă *Démangeaison*[1] de Lorette Nobécourt, o carte de care pielea ei încă își amintea doar ținând-o în mână, o furnicătură insinuantă ce pornea de la omoplatul stâng, urca pe umăr și gata, se scărpina, se zgâria chiar, nu, nu era o idee bună. Totuși, odată început romanul, n-a mai putut să-l lase, dar tocmai asta era, apa din cadă risca să se răcească, trebuia blândețe, ceva liniștitor, care să te învăluie. Și mister. Niște nuvele? Maupassant, *Horla*, jurnalul neterminat al unei nebunii ducând la sinucidere? Juliette și-o imagina pe cititoare adâncită în spumă până la umeri, înălțând capul, scrutând încordată umbra din hol prin ușa rămasă întredeschisă... Iar din întuneric aveau să țâșnească atunci spectrele și

[1] „Mâncărime, prurit" (n. tr.).

spaimele din copilărie, atât de grijuliu reprimate ani întregi, cu tot alaiul lor de angoase... Tânăra se va ridica îngrozită din apă, va păși peste marginea căzii, va aluneca pe săpun, ca lady Cora Crawley în *Downton Abbey*, se va lovi, poate, la cap...

Nu.

Dădu deoparte cu regret culegerea de nuvele, primul volum din *În căutarea timpului pierdut* de Proust, câteva romane polițiste, cu coperte nu prea uzate, un eseu despre suferința la locul de muncă, o biografie a lui Stalin (oare de ce-o cumpărase?), un manual de conversație francez-spaniol, două romane rusești groase, având corp de literă 10 și spațiere la un rând (ilizibilă) și oftă. Alegerea nu se dovedea ușoară.

Nu-i rămânea decât să golească sertarul. Va găsi ea ceva înăuntru. O carte inofensivă, care să nu declanșeze nici cea mai măruntă catastrofă.

Dacă nu cumva...

Cu podul palmei, Juliette împinse cărțile care căzură de-a valma în ceea ce, trebuia să recunoască, semăna cu un mormânt. Apoi închise sertarul. Ce trist, o simțea prea bine, dar deocamdată nu voia să piardă vremea cu această emoție vagă și neplăcută.

Avea o misiune de îndeplinit.

Se ridică de pe scaun, ocoli biroul și deschise dulapul.

Geanta era tot acolo. Oare de ce își închipuise o fracțiune de secundă că se putea să fi dispărut?

Se aplecă, o ridică și o strânse în brațe instinctiv.

Colțul unei cărți încercă să-i pătrundă între coaste.

Asta va fi, își zise ea cu o certitudine pe care n-o mai avusese niciodată.

7

Era prima, prima ei carte în calitate de cărăuş, se gândea Juliette pipăind prin pânza groasă a genţii volumul ales – oare chiar îl alesese ea? Deja încălca regulile: nu cunoştea nici măcar titlul lucrării, nu ştia ce mână o va lua şi o va întoarce ca să citească, poate, textul de pe coperta a patra, nu-şi urmărise, nici nu-şi studiase ţinta, nu pregătise momentul întâlnirii, nici nu asociase, cu grija pe care Soliman o socotea indispensabilă, cartea şi cititorul sau cititoarea ei.

O cititoare. Va fi o cititoare, neapărat. Bărbaţii nu citesc în cadă. De altfel, bărbaţii nici nu se îmbăiază, ei sunt mereu grăbiţi, singurul mijloc de a-i face să stea liniştiţi e să-i aşezi pe canapea, în faţa unei semifinale din Liga Campionilor. Cel puţin aşa dedusese Juliette din comportamentul precedenţilor ei trei iubiţi.

– Știu, zise ea cu glas tare. Generalizez. De-aia o dau în bară de fiecare dată.

Încă o dată generaliza. Dar trebuia să admită că avea tendința să tragă concluzii pripite, optimiste în cea mai mare parte a timpului, pornind de la cel mai mărunt detaliu care-i plăcea: ochelarii cu rame de oțel ai unuia, mâinile altuia, întinse ca o cupă pentru a primi un cățel sau un bebeluș, șuvița de păr a celui de-al treilea, care îi cădea permanent pe frunte, ascunzându-i privirea de un albastru intens... În aceste particularități minore i se părea că citește inteligență, tandrețe, umor, seriozitate sau o imaginație de care ea se credea lipsită.

Băgă mâna în geantă, încruntându-se și continuându-și monologul: Joseph avea umeri largi sub puloverele groase de lână care-i plăceau foarte mult, dar forța lui se reducea la capacitatea de a sfărâma o nucă în pumn; pe Emmanuel îl impresionau păsările care se izbeau de liniile de înaltă tensiune, dar, cu toate acestea pe ea n-o suna când era răcită; Romain nu tolera nici cea mai mică urmă de tachinare și la restaurant împărțea notele de plată cu o grijă maniacală – până la ultimul bănuț.

Fusese îndrăgostită sau își închipuise că este, ceea ce era același lucru, de fiecare dintre ei. De șase luni, era singură. Crezuse că nu va putea să suporte, iar acum se mira că-și prețuiește libertatea – această libertate care o speriase atât.

– N-au decât să fugă, mormăi ea, strângând degetele pe cartea aleasă, nu, pe cartea care, de fapt, se impusese de la sine.

Nu știa cui i se adresează. Încă o generalizare. Fără îndoială.

Cartea era groasă, compactă, se simțea plăcut în mână. Asta reprezenta un atu. Juliette se dădu încet înapoi, cu ochii la coperta aproape neagră, o obscuritate din care prindeau contur, spre cotorul cărții, ruinele încețoșate ale unui conac englezesc.

Daphné Du Maurier. *Rebecca.*

– O să semneze promisiunea de vânzare!

Chloé își trânti geanta pe birou, se întoarse spre Juliette și îndreptă un deget spre ea, fals acuzator:

– Fetei i-a căzut cu tronc romanul tău. Mare noroc, fiindcă tot strâmba din nas! Nu-ți povestesc cum a fost când au văzut salonul, ca să nu mai zic de bucătărie. Apoi, dintr-odată...

Chloé mimă uimirea, ridicând din sprâncene, cu ochii mari și gura rotunjită într-un „o“.

– Ai imaginea? Fata intră în baie, trebuie să precizez că mă străduisem, lumină intimă, planta, un prosop de baie alb, aranjat artistic pe spătarul șezlongului, nu se mai observau rugina, nici petele de umezeală, nici nimic. El începe să spună că e o nebunie, atâta spațiu irosit, dar ea nu-l mai aude, se apropie de cadă și acolo...

Chloé țopăi cu pumnii strânși și continuă plină de entuziasm:

– Nu s-a mai pomenit așa ceva! Fata ia cartea, începe s-o răsfoiască și zice: „Ah, *Rebecca*, mama adora filmul ăsta vechi cu... cine? Grace Kelly? Nu, Joan Fontaine..." Și se apucă să citească. A durat o vreme, nici nu îndrăzneam să respir. El zice: „Cred că am văzut destul." Iar ea: „Am putea face un dressing." Zâmbește, jur că da, și mă întreabă: „Cartea e a dumneavoastră? Pot s-o păstrez?" Se postează în fața oglinzii, o oglindă barocă super, pe care am găsit-o weekendul trecut la Emmaüs, își atinge un pic părul, uite cam așa (Chloé imita gestul, cu buzele întredeschise, Juliette îi vedea genele tremurând, chipul îmblânzindu-i-se, transformându-se, marcat de o melancolie care n-o caracteriza și care părea suprapusă peste trăsăturile ei vesele ca o mască de teatru japonez sau de carnaval), se răsucește spre el și zice cu glas nostim: „Vom fi fericiți aici... O să vezi."

Agenția imobiliară închidea la 18:30. La miezul nopții, Juliette încă stătea jos, pe parchetul ale cărui lamele își pierduseră de o bună bucată de vreme stratul superior și lăsau acum la vedere dâre lungi, cenușii. Despre renovarea acestui birou, unde clienții nu intrau niciodată – fetele dispuneau de o masă din plexiglas în încăperea principală, la care luau loc pe rând în cursul zilei, zâmbind amabil sub lumina spoturilor încastrate – nu se mai discutase de la *galette des rois*[1] din urmă cu trei ani, când domnul Bernard vărsase sticla cu cidru ieftin în spațiul îngust care ducea spre fereastră. Lichidul efervescent pătrunsese în fisurile lemnului și lăsase o aureolă gălbuie. Pe această pată uscată de mult se așezase Juliette, cu picioarele încrucișate și cu cărțile puse ca un evantai în fața ei.

Șaptesprezece cărți. Le numărase. Le luase în mână, le cântărise, le frunzărise. Mirosise paginile, culesese de ici și de colo fraze, paragrafe uneori incomplete, cuvinte îmbietoare ca niște bomboane sau tăioase ca o lamă:

...aproape de foc era un pat, pe care el aruncă piei de oaie și de capră. Ulise se culcă acolo. Eumaeus îl acoperi cu o mantie groasă, largă, pe care o ținea la îndemână ca s-o îmbrace când frigul lovea nemilos... Chipul meu era o pășune pe care păștea o turmă de bivoli... Privea cum ard buștenii, în vârful cărora se răsucea și dansa, gata să moară, unica

[1] Plăcintă care se consumă în Franța, Quebec, Elveția, Belgia, Luxemburg cu ocazia Epifaniei, sărbătoare creștină celebrată pe 6 ianuarie (n. tr.).

flacără ce servea pentru prepararea prânzului... Regăsită este – Ce? – Eternitatea... E marea îndepărtându-se... Da, se gândi Rudy, oamenii ambițioși, cu picioarele bine înfipte în pământ, fără să îndoaie grațios genunchiul câtuși de puțin... Smoching, amurguri crescânde, setea orelor, un clar de lună parcimonios, pălăvrăgeală, vale, lumină...

Atâtea cuvinte. Atâtea povești, personaje, peisaje, râsete, lacrimi, decizii neașteptate, temeri și speranțe.

Pentru cine?

8

Juliette regăsise strada, poarta ruginită, cu dârele ei de vopsea veche, albastră, cerul închis între zidurile înalte, și se miră. Aproape că i s-ar fi părut normal ca drumul să fi dispărut, ca un perete fără ferestre să se înalțe în fața ei sau ca magazia, în van căutată, să fi fost înlocuită de o farmacie sau de un supermarket cu panouri galbene și verde fluorescent, care să anunțe promoțiile săptămânii.

Nu. Își lipi palma mâinii stângi de metalul rece. Și plăcuța era tot acolo. Și cartea, care lăsa să treacă printre canaturi un curent de aer mirosind a fum. Se întoarse și scrută fațadele. Oare de ce își făcea griji acum că este observată? Se temea că o s-o vadă cineva intrând acolo – că o s-o judece? În acest cartier adormit, probabil că oamenii supravegheau cu sporită suspiciune venirile și plecările vecinilor.

Iar locul acesta le stârnea negreșit curiozitatea, ca să nu zică mai mult.

Juliette nu știa de ce anume se temea. Dar simțea încolțind în ea o vagă neliniște. Să dai cărți unor necunoscuți – niște necunoscuți aleși, spionați – cine putea să-și dedice timp pentru așa ceva? Ba chiar să-și dedice tot timpul? Din ce trăia tatăl micuței Zaïde? Ieșea uneori ca să meargă la lucru – cuvântul nu trezi nicio imagine în mintea ei, care nu reușea să și-l imagineze pe Soliman în spatele unui ghișeu de bancă ori într-un birou de arhitectură și, cu atât mai puțin, într-o sală de clasă sau un hipermarket – sau stătea închis, fără să se sinchisească dacă era zi sau noapte, în cămăruța ticsită de cărți, unde becurile rămâneau aprinse de dimineața până seara? Ce-i drept, putea foarte bine să lucreze aici, să conceapă site-uri, să facă traduceri, să scrie articole sau texte de catalog, de pildă. Dar nu-l vedea în niciunul dintre aceste roluri. De fapt, nu-l vedea ca pe un om real, obișnuit, cu nevoi materiale și o viață socială și cu atât mai puțin ca pe un tată.

Nici măcar ca pe un bărbat.

Suntem învățați să fim bănuitori, gândi ea împingând canatul greu, care se deschise lent, cu regret parcă. Să presupunem întotdeauna ce e mai rău. Să le dai cărți oamenilor ca să le fie mai bine – dacă am înțeles eu corect... Sunt sigură că băcanul din colț îl crede pe Soliman terorist sau dealer. Și că poliția a trecut deja pe-aici. Dacă era dentist, nu i-ar fi venit nimănui o asemenea idee. Toată lumea știe, repet banalități. Poate că nu citesc destul, am creierul amorțit. Aș face mai bine să... să ce?

Curtea era pustie, un petic de hârtie zbura de colo până colo deasupra primelor trepte ale scării metalice, iar ușa biroului era închisă. Nu se zărea nicio lumină înăuntru. Dezamăgită, ezită câteva clipe să pornească înapoi, după care, împinsă de curiozitate, se apropie de geamurile murdare. Bârlogul unei sălbăticiuni din care sălbăticiunea lipsea – excitația pericolului, dar fără pericol. De ce înșira astfel de comparații dubioase? Ar fi vrut să-și tragă singură câteva palme – momentul era bun și locul, potrivit, nimeni n-ar fi văzut-o. Însă gestul avea ceva copilăresc. Nu putea să-și dea frâu liber pornirilor, nu într-atât.

Și, mă rog, de ce?

Se apropie pas cu pas. Tăcerea era uimitoare. Aproape imposibil de crezut că la câțiva metri mai încolo vuia un oraș care devora timpul, corpurile, visurile, un oraș niciodată sătul, niciodată ațipit. Un fâlfâit de aripi o anunță că, deasupra capului ei, un porumbel se așezase pe balustrada galeriei; un clopot dogit se auzi bătând ora opt. Dimineață. Putea fi orice altă oră, oriunde în altă parte, într-unul dintre acele târguri de provincie pe care Balzac le descria cu mare plăcere.

– Nu stați acolo! Intrați!

Vocea venea de sus, plutise până la ea, făcând-o să tresară. Nu-și lipise nasul de geamuri și, totuși, avea impresia că fusese prinsă în flagrant delict de indiscreție.

– Vin acum! Am întârziat puțin azi.

Deja era acolo – ai fi zis că se deplasa prin aer. Juliette nici nu-i auzise pașii pe scară. Însă, chiar dinainte să-l vadă, îi simțise mirosul impregnat în haine, un miros de scorțișoară și de portocale.

– Tocmai am făcut o prăjitură pentru Zaïde, spuse el. E cam bolnăvioară.

Își privi mâinile pline de făină și, zâmbind a scuze, le șterse pe pantalonii negri.

Deci era într-adevăr tată. Totuși, o prăjitură? Pentru o fetiță bolnavă?

– Dacă o doare burta... începu Juliette dezaprobator, dar se opri brusc, de parcă își auzise mama și bunicile exprimându-se, într-un singur glas, prin gura ei.

De ce se băga ea?

Soliman apăsă pe clanță, care se împotrivi din toate balamalele ei ruginite. Bărbatul împinse cu umărul, forțând-o să se deschidă.

– Totul e anapoda aici, zise el. Pereții și locatarul. Ne simțim bine împreună.

S-ar fi cuvenit ca Juliette să protesteze – din politețe –, dar el avea dreptate în fond. Ea zâmbi. „Anapoda"... nu era lipsit de farmec. Pragul de piatră, brăzdat de urme ce formau curbe paralele, podeaua cenușie de praf, ferestrele ale căror geamuri tremurau când vântul își schimba direcția, tavanul pierdut în penumbră, cărțile stivuite prin toate ungherele. Ansamblul clădit din bucăți disparate dădea, totuși, o senzație de rezistență; acest loc ce ar fi putut dispărea de la o zi la alta aidoma unui miraj ar fi fost purtat ca atare prin timp și spațiu și reconstruit altundeva, fără ca ușa să înceteze să mai scârțâie ori fără ca volumele să se răstoarne la trecerea oaspeților. Se putea chiar să înceapă să-ți placă această cădere înăbușită, moale, cu foșnet de pagini boțite; dar Soliman se precipită și, arătându-i un scaun liber, adună, consolidă, împinse eșafodajele de hârtie cu o tandrețe plină de neliniște.

– Ați și terminat? întrebă el într-un târziu, gâfâind, trântindu-se pe scaunul lui. Povestiți-mi!

– Oh, nu! Nu-i vorba de asta. Eu...

El nu o luă în seamă.

– Povestiți-mi! insistă el. Poate am uitat să vă spun ceva: notez tot.

Puse palma pe un registru gros, verde, cu colțurile tocite. Juliette, care simțea din nou că alunecă în... în ce? O altă țară, un alt timp – se pierdu în contemplarea acestei mâini. Mare, cu degetele depărtate, acoperită de la falange până la încheietură de peri negri, subțiri și moi. Fremătătoare. Ca un mic animal. Unghii scurte, tivite nu cu negru, ci cu un gri mat, un gri ca de praf, praful cărților, desigur. Cerneală redevenită pudră, cuvinte redevenite pulbere și strânse aici, putând, deci, să evadeze, să-și ia zborul, să fie respirate, poate înțelese?

– Tot?

Glasul ei nu trăda mirarea, nici neîncrederea de astă dată; mai degrabă... poate... o încântare de copil. Nu. Cuvântul „încântare“ era dulceag sau tare, prea tare. Prea frumos pentru suspiciune, ironie, indiferență. Prea frumos pentru viața obișnuită.

O să mă ridic, hotărî Juliette buimăcită. O să plec și n-o să mă mai întorc niciodată. O să merg la cinema, iată, de ce nu, apoi o să mănânc sushi sau pizza, după aceea o să mă duc acasă și o să...

„O să ce, Juliette? O să dormi? O să te prăbușești în fața televizorului, la o emisiune de doi bani? O să-ți rumegi încă o dată singurătatea?“

– Da, tot. Tot ce mi se poate spune. Povestea cărților, înțelegeți? Modul în care trăiesc, oamenii care le ating, fiecare carte este un portret și are cel puțin două chipuri.

– Două...

– Da. Chipul celui – sau celei, în cazul dumneavoastră – care o dă. Și chipul celui sau al celei care o primește.

Mâna lui Soliman se înălță și pluti o clipă deasupra unui teanc mai mic decât celelalte.

– Acestea, de pildă. Mi-au fost aduse înapoi. Nu se întâmplă prea des. Nu-mi scriu adresa pe pagina de gardă. Îmi place să știu că volumele se pierd, că străbat drumuri necunoscute de mine... după eliberarea lor, eliberare despre care păstrez o urmă, o relatare.

Luă volumul aflat în vârful teancului, dar nu-l deschise. Degetele îi alunecară de-a lungul marginii foilor. O mângâiere. Fără să vrea, Juliette se înfioră.

„Nici măcar nu-i un bărbat frumos."

– Femeia despre care v-am vorbit deunăzi, cea pe care o întâlneați în metrou, ea a eliberat această carte. Am găsit-o ieri fixată în poartă. Nu știu cine a pus-o acolo. Și asta mă întristează.

9

Sub efectul vântului dinspre est, un vânt puternic ce sufla în rafale din ajun, metroul se clătina ușor, iar Juliette, închizând ochii, putea să-și imagineze că se află la bordul unei nave ce părăsea cheiurile, ieșind din apa liniștită a portului pentru a se îndrepta spre largul mării.

Avea nevoie de această imagine ca să se calmeze, ca să-și potolească tremurul mâinilor. Cartea pe care o ținea deschisă în față părea rigidă, mult prea groasă – prea bătătoare la ochi, sincer vorbind.

Dar nu tocmai asta voia?

Învelitoarea cartonată, pe care o confecționase cu o zi în urmă, cotrobăind fără scrupule în dulapul cu rechizite al agenției, uzând și abuzând de imprimanta color – așa încât, fără îndoială, cartușele vor trebui schimbate de două ori luna asta, o cheltuială pe care domnul Bernard n-o va vedea cu ochi buni –, aruncând rateurile în coșul ei cu hârtii, apoi răzgândindu-se și îndesându-le într-un sac mare de gunoi, pe care îl lăsase într-un container la trei străzi depărtare, cu un vag sentiment de vinovăție, nu înceta să alunece. Își trecu degetele încă o dată peste îndoituri și așeză mai bine volumul pe genunchi. În fața ei, un tip de vreo treizeci de ani, în costum pe talie și cravată îngustă foarte *sixties*, încetă o clipă să pianoteze pe ecranul smartphone-ului și o învălui într-o privire compătimitoare – un pic prea insistentă, consideră ea.

Juliette trase cu ochiul la ceilalți călători din vagon. Nu era multă lume. Fiind zi de grevă a funcționarilor, RER[1] lucra la capacitate redusă, iar locuitorii de la periferie, cel puțin aceia care își permiteau, rămăseseră acasă. În plus, azi Juliette plecase devreme, chiar prea devreme. De-abia era 7.30. De ce alesese o oră atât de matinală? Ah, da: se temuse că nu va putea să stea jos. Cartea pe care o citea sau se prefăcea că o citește nu era una pe care s-o poți ține într-o mână, în timp ce cu cealaltă te agăți de barele de lângă uși.

Ca atare, nu se vedea niciunul dintre călătorii pe care îi întâlnea de obicei. Se simțea aproape ușurată. Nimeni, în

[1] *Réseau Express Régional* (RER), rețea de transport în comun ce deservește regiunea pariziană (n. tr.).

afară de tipul cu smartphone, nu-i dădea atenție. Însă el se aplecă, împinse bărbia înainte și ridică din sprâncene, mimând exagerat surprinderea.

– Chiar o s-o citiți pe toată?

Râse ascuțit, se aplecă și mai mult și bătu cu unghia în învelitoarea cărții.

– E o glumă.

Juliette se mulțumi să clatine din cap. Nu, nu era o glumă. Însă nu găsise alt mijloc ca să-și prindă în capcană potențialele prăzi – era bizar, dacă te gândeai bine, să folosească acest gen de vocabular. Nu se simțea în stare să deducă, după înfățișare, caracterul cuiva, gusturile, poate visurile și să aleagă hrana potrivită pentru aceste visuri. Așa cum îi explicase lui Soliman după disputa lor de zilele trecute.

Dispută era, probabil, un cuvânt prea mare. Se poate vorbi de „dispută“ când te apuci să scotocești în geantă, căutând – sub peria de păr, cartea începută de multă vreme, chei, cele de la agenție, cele de la pivnița casei tale, telefonul mobil, un carnet cu mâzgăleli și liste cu lucruri de făcut niciodată terminate – un șervețel mototolit, dar curat, pentru un bărbat care plânge în hohote?

Nu, se corectă Juliette. Acum tu scrii romanul și exagerezi.

Replay.

Îi povestise despre toate, așa cum îi ceruse el: holul cotit și baia întunecoasă, umedă și absurd de mare în comparație cu celelalte camere ale apartamentului, cada cu picioare de leu, petele de rugină, ideile lui Chloé și cursul ei de *Home Staging*, planta verde, paravanul și, în sfârșit, cartea. Și nesperatul succes: clienții semnaseră între timp promisiunea de vânzare, n-aveau nevoie de împrumut, plăteau cash, discutaseră deja cu un antreprenor pentru primele lucrări. Și păreau radioși.

Și atunci Soliman, care ascultase cu cea mai mare atenție, dar fără să noteze nimic își ștersese, cu un gest aproape distrat o dâră lucioasă de pe obraz – fără lumina crudă, răspândită de veioza al cărei abajur verde fusese ridicat, Juliette nici n-ar fi văzut-o.

Însă n-a putut să n-o observe pe următoarea. Și alte lacrimi porniseră pe același drum; blânde, lente, alunecând pe piele, transformându-se, la contactul cu o barbă de două zile, într-o peliculă subțire, pe care el nu mai încercase să o șteargă.

– Nu pricep, murmurase Juliette. Nu-i bine? Eu am...

Da, evident. Nu era bine. Făcuse totul pe dos – ca de obicei.

Își deșertase geanta pe birou, în căutarea unui pachet de șervețele, și într-un târziu găsise unul pe care i-l întinsese.

– Sunt dezolată. Cu adevărat dezolată.

Nu-i venea în minte niciun alt cuvânt.

– Dezolată, dezolată, repetase ea.

– Încetați!

– Dez... Trebuie să înțelegeți, eu nu sunt inteligentă ca femeia care s-a sinucis. Sau ca alții, cărăușii dumneavoastră, eu nu-i cunosc, nu știu. Sunt incapabilă să ghicesc caracterul cuiva doar privindu-l într-o călătorie cu metroul. Și nu pot să mă țin după oameni toată ziua, mi-aș pierde serviciul. Și atunci, cum aș putea ști de ce carte anume au nevoie?

Bărbatul își suflă nasul cu putere.

– E stupid să spuneți asta, croncănise el.

– Vedeți bine că...

Și atunci izbucniseră amândoi în râs, un râs nebun, contagios, incontrolabil. Îndoită de mijloc, cu palmele între genunchi, Juliette râdea și ea cu lacrimi. Soliman apucase piciorul veiozei cu ambele mâini și hohotea, până când abajurul se răsturnase și îi înecase fața într-o lumină verde.

– Parcă... parcă sunteți... un zombi... reușise să articuleze tânăra femeie înainte să înceapă să tropăie, cu mușchii picioarelor agitați de spasme.

Ce bine era să râzi măcar o dată așa, cu gura deschisă, fără teama de a fi ridicol! Să urli de râs, să hohotești, să-ți ștergi de pe bărbie saliva care se prelinge, apoi s-o iei de la capăt.

Încă râdeau când Zaïde dăduse buzna în birou. Închisese cu mare grijă ușa, după care se întorsese și se uitase la ei cu un aer serios.

Și ea ținea o carte la piept – iar mâinile ei, remarcase Juliette, oprindu-se brusc din râs, erau copii mai fine, mai subțiri, ale mâinilor tatălui. Aceeași tandrețe plină de atenție în felul cum sprijinea volumul, aceeași delicatețe. Fiecare dintre unghiile ei roz, aproape sidefii, era o micuță capodoperă.

Dar nu asta îi atrăsese atenția lui Juliette.

Cartea lui Zaïde era acoperită cu un carton gros, ușor ondulat, de un verde viu, pe care litere de fetru roșu fuseseră minuțios lipite – chiar dacă alinierea lor lăsa puțin de dorit.

Iar literele spuneau:

Această carte este formidabilă.

O să vă facă inteligent.

O să vă facă fericit.

10

– E o glumă, repetă tipul cu costum prea strâns.

Juliette ridică ochii spre fața lui amuzată și – gândindu-se la Zaïde și încercând să imite expresia de gravitate atentă pe care o surprinsese pe chipul fetiței – replică:

– Nu, deloc.

– Sunteți... faceți parte dintr-un... grup, mă rog, un fel de sectă, nu?

Cuvântul îi trezi tinerei un fior de teamă, ca și cum o pană cu margini țepoase o atinsese în treacăt, ușor, totuși, suficient ca s-o alarmeze.

O sectă. Nu la fel gândise și ea când se întorsese la depozit? Poate chiar și în primul moment când intrase acolo? O sectă, un soi de temniță fără gratii și fără lacăte, ceva care ți se lipea de piele, se insinua în tine, îți obținea consimțământul, și nu forțat, dimpotrivă, dat cu ușurare, cu entuziasm, cu impresia că ai găsit în sfârșit o familie, un scop, ceva solid, care nu se va toci, nici nu va dispărea, niște certitudini clare, simple – precum cuvintele pe care Zaïde le decupase literă cu literă, apoi le lipise pe învelitoarea cărții ei, de fapt pe cărțile ei, adică pe toate cele care îi plăceau, precizase ea.

– Fiindcă durează prea mult să explici de ce îți place o carte. Iar eu nu reușesc s-o fac mereu. Există cărți, când le-am citit, m-am simțit... uite așa. Am lucruri în mine care mă răscolesc. Dar nu pot să le arăt. Le spun în felul ăsta, iar oamenii n-au decât să încerce.

Îi aruncase tatălui ei o privire ușor disprețuitoare.

– Eu nu alerg după nimeni. Mă rog, când zic alerg... Sunt unii care nu se mișcă prea mult.

Soliman întinsese mâna peste birou.

– Știu ce vrei să zici, gândăcelul meu.

Avea vocea calmă, pleoapa dreaptă îi zvâcnea într-un tic, o tresărire infimă. Zaïde roșise, iar Juliette nu putu să nu admire spectacolul, felul cum sângele s-a răspândit încet pe sub pielea mată, de la gât spre pomeți, până la coada ochilor care s-au umplut imediat de lacrimi.

– Iartă-mă, tati! Sunt rea. Sunt rea!

Se răsucise pe călcâie și fugise cu capul plecat, strângând cartea la piept.

– Nu, răspunse Juliette cu hotărâre, o hotărâre care o miră și pe ea, nu fac parte dintr-o sectă. Îmi plac cărțile, atâta tot.

Ar fi putut să adauge: *Oamenii nu-mi plac întotdeauna.* Asta și gândea atunci, privindu-l. Gura întredeschisă, lăsând să se vadă incisivii cam galbeni, depărtați, dinții fericirii[1], cum se spunea, aerul de sănătate după vechile standarde, gras, roz, mulțumit de sine, un pic condescendent. Chloé l-ar fi etichetat fără întârziere: „Tipul ăsta e un porc, las-o baltă."

– O vreți? continuă ea.

Pe chipul bucălat al interlocutorului ei, îndoiala luă numaidecât locul zâmbetului îndrăzneț.

– Oh, nu, nu mă interesează. N-am mărunt și...

– Nu vreau să v-o vând. V-o dăruiesc.

– Vreți să spuneți că e gratis?

Părea stupefiat. Și brusc avid. Își trecu nervos limba peste buzele groase, se uită în dreapta, se uită în stânga, apoi se mai aplecă puțin spre ea. Mirosul de *after shave* o izbi pe Juliette, care-și ținu respirația.

– O capcană, hotărî el dintr-odată, strângând pumnii pe coapse, chestiile gratuite sunt întotdeauna o capcană.

[1] În Franța, conform credinței populare, strungăreața este semn de noroc și de fericire, de aceea este numită și „dinții norocului" sau „dinții fericirii" (n. tr.).

O să-mi cereți e-mailul și o să primesc spamuri până la sfârșitul secolului.

– O să fiți mort la sfârșitul secolului, îi atrase atenția Juliette cu glas blând. Și nu vreau e-mailul dumneavoastră. În niciun caz! Vă dau această carte, cobor la prima stație și uitați de mine.

Închise volumul, îl ridică pe palmele alăturate și-l apropie de el.

– Nimic în schimb. Gratis, repetă ea apăsând pe fiecare silabă, de parcă se adresa unui copil puțin retardat.

– Gratis, repetă și el.

Părea năucit. Aproape speriat. În cele din urmă, întinse mâinile și luă cartea. Aerul rece se strecură între palmele ei când metroul ajunse la peron.

– La revedere!

El nu răspunse. Ea se ridică, își aranjă geanta pe umăr și se îndreptă spre ușă, în spatele unei femei care ducea un bebeluș prins strâns la piept într-o eșarfă lungă. Peste umărul femeii, doi ochișori negri o fixau de sub marginea unei căciulițe cu trei ciucuri, unul roșu, unul galben și unul mov.

– Cucu! zise Juliette înduioșată.

Copiii altora o înduioșau de fiecare dată, dar mamele o îngrozeau – prea sigure pe ele, prea competente, opusul a ceea ce era ea, considera Juliette.

Năsucul se încreți, ochii clipiră ușor. Această privire. Cum puteai să suporți așa ceva toată ziua, această întrebare constantă, de ce, de ce, de ce. Această curiozitate neobosită. Acești ochi deschiși ca niște guri înfometate.

Și, poate, această furie de a fi fost adus pe lume. *Această* lume.

Făcu câțiva pași pe peron, apoi se întoarse. Tipul continua să se uite la cartea închisă. Pusese palma deasupra, pe copertă. Se temea să nu se deschidă singură? Să nu iasă din ea monștri și himere, ceva străvechi, periculos, fierbinte? Sau prea nou pentru a fi înfruntat?

Când metroul se puse în mișcare, Juliette îl privi trecând prin dreptul ei, aplecat și acum spre genunchi, fără să se clintească. Îi văzu profilul. Ceafa groasă, cu urme de la mașina de tuns. Un om.

Un cititor?

11

– Îmi zici ce tot faci, până la urmă?

Chloé se proțăpise cu brațele încrucișate în fața biroului lui Juliette. Toată atitudinea ei spunea că n-o să se miște de acolo până nu obține o explicație.

– Despre ce vorbești?

Jalnică încercare de a câștiga timp – Juliette își dădea seama. Câteva secunde. Și alea cu greu, întrucât colega adăugă imediat:

– De nenorocitele alea de terfeloage pe care le îndeși în sertar. De toate cartoanele ale căror resturi le găsesc în coșurile de hârtii.

Juliette se eschivă din nou:

– Credeam că sunt golite în fiecare seară...

Cu un gest scurt, despicând aerul cu latul palmei, Chloé arătă că nu asta era problema.

– Aștept.

Dar, fiindcă Juliette nu răspundea, își ieși din fire.

– Vrei să faci mai multe vânzări decât mine, nu? Ai perfecționat stratagema?

– Ce stratagemă? întrebă Juliette, care știa prea bine la ce se referea colega ei.

– *Home Staging*. Stratagema cu cartea pusă lângă cadă. Îți aduc aminte că a fost ideea mea. Nu ai dreptul s-o folosești.

Era de nerecunoscut, cu nările lipite, palidă, având două pete pe pomeți, ca și cum își aplicase în grabă un blush prea închis. Degetele i se crispau în carnea puțin prea moale a brațelor, în care unghiile atent îngrijite și date cu ojă croiau mici semiluni roz. Juliette se uită fix la ea, de parcă ar fi scrutat chipul unei necunoscute, masca frumuseții fiindu-i brusc ștearsă de angoasă și de ranchiună, și i se păru că o vede așa cum avea să fie peste treizeci de ani, când viața va fi lăsat în ea urmele acestei ranchiune și ale acestei angoase, le va fi săpat adânc și le va fi întipărit, irevocabil, pe trăsăturile ei. Urâtă. Ursuză.

Vrednică de milă.

– Oh, Chloé!

Îi venea să plângă. Să se ridice, să o ia în brațe, s-o legene ca s-o salveze de o suferință despre care nu știa nimic – nici Chloé, poate.

– Te-am prevenit.

Chloé se răsuci pe călcâie și porni spre biroul ei, spre ghirlandele de *post-it*-uri agățate de piciorul veiozei, spre computerul deasupra căruia se înălțau niște urechi roz de iepure – cadou de la un client care pusese ochii pe ea, pretinsese Chloé în ziua când le instalase, noi și țepene, de culoarea vatei de zahăr prea dulce. Rozul se decolorase, plușul se prăfuise, iar urechile, ca niște frunze de iris ofilite, se aplecau către ecran, proiectând pe el o umbră lungă.

Chloé mergea la fel cum mărșăluiau oamenii spre front în filmele de război din anii '50, gândi Juliette, cu pași mari, cu o hotărâre forțată, cu avântul dat de pericol și de perspectiva eșecului. Credea într-o rivalitate pur imaginară, trăia o bătălie pe care trebuia s-o câștige cu orice preț.

Juliette coborî ochii spre dosarul deschis în fața ei, simțind un nod în gât. De ceva vreme avea impresia că viața îi scapă, că fuge de ea, mii de fire de nisip scurgându-se printr-o crăpătură aproape invizibilă, luând cu ele mii de imagini, culori, mirosuri, zgârieturi și mângâieri, o sută de decepții mărunte și probabil tot atâtea consolări... De altfel, niciodată nu-i plăcuse prea mult viața ei, trecând de la o copilărie plictisitoare la o adolescență dezolantă, înainte de a descoperi, la nouăsprezece ani, în privirile ațintite asupra ei, că era frumoasă – poate. În unele zile. Că avea, după cum îi șoptise primul ei iubit într-o seară când băuseră amândoi prea mult, o grație, ceva care te duce cu gândul la dans, ceva diafan, ceva care te face să crezi că orele trec fără niciun fel de apăsare, departe de dramele și de amenințarea mereu crescândă a realității.

Dar Juliette nu se simțea în stare să-și asume acest personaj. O dovedise părăsindu-l pe Gabriel, care continuase singur să bea prea mult și să caute din bar în bar o femeie sau, mai bine zis, un mit ale cărui însușiri eterate să-i facă existența suportabilă. O dovedise colecționând deprimați, agresivi, morocănoși, veleitari avizi de catastrofe personale și de nenorociri succesive. Căutase, apoi fugise de aceste victime complezente, le privise afundându-se în disperarea lor, așa cum observa păianjenii pe care îi îneca, fără tragere de inimă, în baie. Grațioasă, diafană, ea? Cum sunt balerinele învârtindu-se pe picioarele lor chinuite, cu degetele sângerânde și cu zâmbetul pe buze? Însă chiar și această comparație i se părea plină de infatuare, ea nu era atât de vanitoasă, nu pretindea că plutește, chiar cu prețul unor suferințe calculate, peste monotonia cotidianului, peste meschinăria sa, peste visurile ofilite și iluziile pierdute, niște dureri de lux, cum le numea uneori, când își compara existența mediocră, dar comodă, cu necazurile reale pe care le privea doar în treacăt.

Dureri de lux, bucurii mărunte. Cele ale rutinei: când cafeaua era „bună dimineața", simțea o vagă recunoștință, când ploaia anunțată în cursul săptămânii venea doar noaptea, la fel. Când știrile de la televizor nu-și livrau porția de morți și de atrocități, când reușea să scoată de pe cămașa preferată pata de *pesto rosso* pe care Chloé o declarase imposibil de curățat, când ultimul Woody Allen chiar era bun...

Și-apoi, erau cărțile. Înghesuite pe două rânduri în biblioteca din salon, în stive de-o parte și de alta a patului, sub cele două măsuțe moștenite de la bunica ei, cea cu licuricii, care trăise toată viața într-un sătuc de munte, într-o casă cu pereții negri ca lava închegată; cărți în dulapul din baie, între cosmetice și sulurile de hârtie igienică, cărți pe o etajeră la toaletă și într-un coș de rufe încăpător, ale cărui toarte cedaseră de mult, cărți în bucătărie, lângă unicul teanc de farfurii, cărți îngrămădite în vestibul, în spatele cuierului. Juliette asista pasivă la invadarea progresivă a spațiului ei, nu se împotrivea, împingea doar câteva volume spre sertarul biroului când se împiedica de trei ori de aceeași carte, căzută dintr-un vraf sau de pe o etajeră, ceea ce însemna, credea ea, că volumul respectiv voia s-o părăsească sau că apartamentul îi era nesuferit.

Duminica, Juliette culegea volume de prin talciocuri, fiindcă o cuprindea o durere surdă la vederea cutiilor de carton în care cărți uzate fuseseră aruncate de-a valma, fără pic de grijă, aproape cu silă, și pe care nimeni nu le cumpăra. Oamenii veneau acolo pentru haine la mâna a doua, obiecte decorative *seventies* și aparate de uz casnic încă în stare de funcționare. N-aveau nicio treabă cu cărțile. Așa că Juliette le cumpăra, își umplea sacoșa cu tomuri desperecheate, cărți de bucate sau de bricolaj și romane polițiste sexy care nu-i plăceau, doar pentru a le ține în mână, pentru a le acorda puțină atenție.

Într-o zi intrase într-un anticariat micuț, înghesuit între o farmacie și o biserică, într-o piață din Bruxelles. Era un weekend ploios, mohorât, turiștii părăsiseră orașul după atentate. Vizitase aproape singură Muzeul Regal, unde o comoară de tablouri olandeze dormita sub panourile înalte, din sticlă, din care lumina se răspândea cu parcimonie, apoi simțise nevoia să se încălzească, trecuse prin dreptul mai multor cafenele, visase la o ciocolată caldă, după care se trezise în fața unei intrări cu trei trepte adâncite la mijloc din cauza uzurii. O atrăsese lada cu solduri pusă pe un scaun de grădină, sub o uriașă umbrelă roșie, legată de spătar. Însă nu conținea decât cărți în olandeză. Și atunci urcase treptele, apăsase pe clanța de modă veche și împinsese ușa. Se simțea pe un teren cunoscut, așa, înconjurată de stivele de volume, pulberea de hârtie, parfumul vechilor coperte. În fundul magazinului, un bărbat așezat la o măsuță abia ridicase capul din cartea pe care o citea când clopoțelul sunase. Juliette se plimbase o vreme printre cărți, răsfoise un tratat de medicină din secolul al XIX-lea, un manual de economie casnică, o metodă de învățare a latinei ca limbă vie, mai multe romane vechi de Paul Bourget, un autor ce părea complet împotriva divorțului, un album dedicat fluturilor din Brazilia și, la sfârșit, un volum subțire, cu copertă albă, *Treizième poésie verticale*, ediție bilingvă. Verticală, ia te uită, de ce, se întrebase ea deschizându-l, rândurile poemelor nu sunt orizontale, ca la toate celelalte, da, dar dispunerea... parcă...

Poetul se numea Roberto Juarroz. Volumul se deschisese la pagina 81, iar la pagina 81 ea citise:

Când lumea se subțiază
rămânând abia cât un fir
mâinile noastre stângace
nu pot să mai apuce nimic.

Nu ne-au învățat
Singurul exercițiu ce ne-ar putea salva:
Să știm a ne hrăni cu o umbră.

Juliette citise și răscitise poemul, fără să-i pese de minutele care treceau. Încremenise cu cartea deschisă în mâini, în timp ce afară burnița devenea aversă și valuri de ploaie loveau ușa cu geamuri, scuturând-o din țâțâni. În fundul magazinului, librarul era doar o umbră încovoiată, tăcută, un spate acoperit de un cenușiu de *grisaille*[1], poate nu se mișcase de secole, de când fusese construită casa, în 1758, potrivit inscripției gravate pe frontonul de piatră, foarte alb în contrast cu cărămizile roșu-închis.

Într-un târziu bărbatul zisese:

– Umbrela dumneavoastră.

Juliette tresărise.

– Umbrela mea?

– Udă cărțile din cutie, la picioarele dumneavoastră. Puneți-o lângă ușă, o să vă fie mai comod.

Nu sunase a reproș, ci mai degrabă a invitație, totuși, Juliette închisese cartea și se îndreptase, puțin prea repede, spre el.

– O iau, murmurase ea, întinzându-i volumul.

– Juarroz, șoptise el.

[1] Pictură monocromă (de obicei în tonuri de gri), care dă impresia reliefului și a sculpturii (n. tr.).

Prinsese cartea între palme și își apropiase fața de marginea ei, închizând ochii și zâmbind, ca un somelier care inspiră aroma unui vin ales abia destupat.

– Bătrânul Juarroz...

Strecurase un deget în interiorul volumului și îl plimbase în susul paginii, cu un gest în care Juliette, tulburată, văzuse senzualitate și chiar dragoste; apoi apucase pagina cu două degete și o întorsese cu aceeași lentoare grijulie, în timp ce buzele i se mișcau. În final, ridicase capul, dezvăluindu-i tinerei femei privirea ochilor săi blânzi, enormi în spatele lentilelor bombate ale ochelarilor.

– Întotdeauna îmi vine oarecum greu să mă despart de ele, mărturisise el. Trebuie să le spun la revedere... Înțelegeți?

– Da, șoptise Juliette.

– Să aveți grijă de ea!

– Promit, răspunsese tânăra femeie buimacă.

După ce ieșise din anticariat făcuse trei pași, apoi se răsucise brusc spre vitrina cu vopsea cojită, închisă peste comorile sale. O rafală aplecase umbrela roșie, ca un semn de rămas-bun, parcă, sau ca o ultimă recomandare.

Un semn de rămas-bun. Juliette privi în jur. Biroul prost luminat, geamurile cenușii de praf, care dădeau spre curtea interioară, afișele decolorate de pe perete și Chloé, care tocmai își întorsese monitorul, astfel încât colega ei să nu-i poată surprinde privirea; Chloé și părul ei vâlvoi, fustele ei scurte cu volane, buna ei dispoziție de fiecare zi, care suna atât de fals. Chloé și râsul ei, care de curând se schimbase în rictus. Chloé și ambițiile ei, Chloé și calculele ei, Chloé și mediocritatea ei profundă, amară.

În spatele lui Juliette se afla peretele de dosare, peretele galben, spălăcit, pe care nu-l privea niciodată fără să i se crispeze degetele de la picioare. Iar de partea cealaltă a ușii era domnul Bernard, care savura cu înghițituri mici o băutură caldă din ceașca rămasă de la mama lui. Și mai departe, dincolo de fațadă, găseai strada, mașinile care circulau pe șoseaua udă cu un scrâșnet ușor, celelalte firme și sute, nu, mii de cutii numite „apartamente“, care erau vândute și cumpărate și care adăposteau mii de necunoscuți munciți și ei de ambiții, măcinați, poate, de furii surde, dar adăposteau deopotrivă și visători, iubiți, nebuni orbi care vedeau mai bine decât alții – oare unde citise asta? Da, mii și mii de necunoscuți, iar ea, ea rămânea aici încremenită în mijlocul acestui val ce se revărsa fără oprire, ea avea să rămână aici, pentru a încerca să domolească furia, știind prea bine că nu va reuși niciodată pe deplin; ea avea să rămână aici să se uite cum trece viața, să se ocupe de DPE-uri și să estimeze reducerea posibilă la cheltuielile de vânzare a unei locuințe de 140 de metri pătrați la Bir-Hakeim, ea avea să rămână aici și avea să moară.

Și toți aveau să moară. Iar ea nu-i va fi cunoscut niciodată, nu se va fi apropiat de ei niciodată, nu le va fi vorbit niciodată și nu va fi știut nimic despre toate poveștile care se perindau pe trotuar împreună cu cei care le purtau.

Cu un gest mașinal, trase de sertarul biroului, cel în care aduna cărți de la sosirea ei în agenție; una dintre ele se înțepeni și blocă sertarul. Juliette se aplecă, o prinse de un colț și o scoase. Apoi o răsuci ca să citească titlul.

La fin des temps ordinaires[1] de Florence Delay.

[1] „Sfârșitul vremurilor obișnuite" (n. tr.).

12

– V-ați dat demisia?

Cu mâinile încrucișate sub un genunchi, Soliman se legăna înainte și înapoi pe scaun. Când genunchiul se lovea de masă, pornea înapoi; în spatele lui, biblioteca oprea mișcarea și îl trimitea spre Juliette, spre lumina difuză a veiozei cu abajur verde. În felul acesta, partea de jos a feței îi era scăldată o clipă în lumină, apoi înghițită iarăși de umbră.

Juliette nu răspunse, căci nu prea sunase a întrebare. Se mulțumi să dea din cap cu o fermitate ce părea și ea la fel de inutilă.

– Le-am oferit o carte. Înainte de a pleca, preciză ea.

– Una singură?

– Nu. Una pentru Chloé, una pentru domnul Bernard.

– Stați puțin.

Două dintre picioarele scaunului se izbiră de podea cu un pocnet, Soliman întinse mâna după caietul său și se apucă să întoarcă paginile cu frenezie.

– În ce zi suntem? Ar trebui să am un calendar aici, o agendă, ceva...

– Sau un telefon mobil, adăugă tânăra, abținându-se să zâmbească.

– Mai bine mor.

Amuți și se încruntă de parcă îi trecuse prin minte un gând neplăcut, apoi ridică din umeri.

– 13 ianuarie? Nu, e...

– 15 februarie, îl corectă Juliette.

– Deja! Ce trece timpul! Totuși, aveam întâlnire ieri la... nu contează. Să continuăm. Spuneți-mi adresa agenției dumneavoastră imobiliare, numele cititorilor, ora aproximativă... Recomand întotdeauna să te uiți la ceas când dai o carte, țin mult la asta...

– De ce?

El ridică ochii din caietul în care tocmai trasase o linie orizontală. Ea observă că era mai palid ca de obicei și că o urmă roșie îi scotea în evidență unul dintre pomeți. Poate se tăiase când se bărbierise. Părul negru, mereu ciufulit, părea azi tern și fără viață.

– Cum adică de ce?

– Nu știți nici măcar în ce zi suntem.

– Ah? Probabil că aveți dreptate...

Tăcu, în timp ce ea înșira informațiile cerute. Nu răspunsese la întrebare decât prin indiferență și printr-o tristețe nelămurită, pe care nu putea s-o analizeze, o făcu să se înfioare.

– De fapt, începu el brusc, ora... Nu știu dacă înțelegeți, sunteți încă novice. Dar ora... Dai o carte în același fel la șase dimineața și la zece seara? Notez toate astea pentru ca voi – dumneavoastră și ceilalți – să puteți consulta caietul în orice moment. Și atunci vă veți aduce aminte. Va fi chiar mai folositor decât o amintire, fiindcă menționarea datei și a orei include o infinitate de lucruri: anotimpul, lumina, ca să le pomenesc doar pe cele mai evidente. Purtați un palton gros sau o rochie de vară? Dar celălalt? Cum era îmbrăcat? Cum se mișca? Soarele asfințise? Aluneca peste acoperișuri sau se adâncea în curțile întunecoase, cele pe care abia le zărești când te îndrepți de la o stație spre următoarea? Și într-una dintre aceste curți nu era la fereastră o femeie, nu, o copilă, care la trecerea trenului a fluturat mâna, ca și cum le-ar fi urat drum bun unor prieteni plecați într-o foarte lungă călătorie? Dacă asta s-ar întâmpla în decembrie, n-ați putea zări decât lumina unei veioze în spatele geamurilor, eventual mișcarea iute a perdelei date într-o parte și un chip ca o pată deschisă la culoare...

Rostind ultimele cuvinte, glasul lui Soliman coborâse până devenise murmur. Vorbea pentru sine, înțelese Juliette, evoca o amintire precisă. O amintire pe care ea nu putea s-o împărtășească, chiar dacă scena i se părea mai vie, mai reală decât prezența ei în birou.

Mereu ajungea la asta, la senzația care o cuprindea, de cum pășea peste acest prag, că traversează un miraj, una dintre imaginile tremurate pe care caravanierii le văd la orizont, în deșert, cum i se povestise când era mică, și care se îndepărtează pe măsură ce pașii cămilelor îi poartă mai aproape pe călătorii însetați. Ea, Juliette, intrase de-a dreptul în această iluzie și de atunci se lupta noaptea cu cărți care se înălțau din teancurile lor și pluteau ca niște păsări în curtea înconjurată de ziduri înalte, cu mese fără picioare și uși din cețuri dese și colorate; uneori, frunze spulberate zburau învârtejindu-se și se ridicau atât de sus, încât privirea ei nu putea să le urmărească...

– Juliette, spuse dintr-odată Soliman, aș vrea să vă cer un serviciu.

Ea clipi dezorientată. Apoape că văzuse cum cărțile părăsesc rafturile și nu era foarte sigură că nu visează.

– Da, da, bineînțeles, răspunse precipitat. Dacă pot să vă ajut, o voi face cu plăcere. Acum am timp, mult timp.

– Mă bucur. În mod egoist.

Se ridică și începu să meargă prin încăpere – „să meargă" nu era tocmai cuvântul potrivit, își zise ea, într-atât de aglomerat era spațiul. Soliman se deplasa mai degrabă ca un rac, în lateral, făcea doi pași, apoi dădea înapoi, atingând în treacăt coperta unei cărți sau lipindu-și cu putere mâna de ea. Poate în felul acesta cuvintele răzbăteau prin carton sau prin piele, impregnau epiderma, irigau trupul descărnat care se clătina în penumbră.

– Aș vrea să știu... dacă puteți... să vă mutați aici.

Juliette rămase cu privirea fixată spre el, cu gura întredeschisă. El se întoarse cu spatele, dar tăcerea ei probabil că-l alarmă, așa că se răsuci pe călcâie, dând din mâini în semn de negare.

– Nu-i ce credeți. O să vă explic.

Execută un bizar pas adăugat, care îl duse spre masă, unde se așeză cu brațele încrucișate.

– Trebuie să plec. Pentru... o vreme.

– Să plecați? repetă Juliette. Unde?

– Nu asta contează, ci faptul că n-o pot lua pe Zaïde cu mine. Și că nu există nimeni care să-mi țină locul aici. Sunteți singura căreia îi pot cere așa ceva.

I se citea în ochi o angoasă atât de mare, încât Juliette nu-și găsea cuvintele ca să răspundă și cu atât mai puțin suflul; avea impresia că e aspirată, strivită de o revelație care întârzia să vină, dar a cărei greutate se făcea deja simțită, în ei, între ei.

În sfârșit, inspiră și reuși să articuleze:

– Sunteți... bine?

– Voi fi bine. În câteva luni. Sunt convins. Dar vreau s-o cruț pe fiica mea de orice îngrijorare. Pentru Zaïde, plec în călătorie, iar dumneavoastră veți locui aici ca să aveți grijă de ea, atâta tot.

Ridică o mână, cu palma întoarsă spre tânăra femeie, și parcă ar fi înălțat un baraj. Fără întrebări, spunea privirea lui.

Fără întrebări, încuviință în tăcere Juliette.

– Sub galerie, lângă camerele noastre, mai sunt două nefolosite. Au nevoie de o zugrăveală, dar am instalat acolo un duș, o plită pentru gătit... Dacă vă convine... fără chirie, desigur. Și o să vă plătesc pentru...

– Pot să le văd mai întâi? Apoi... am nevoie de puțin timp de gândire. Să zicem până mâine. Așa rămâne: vă dau un răspuns mâine. Nu e prea târziu pentru dumneavoastră, nu?

El zâmbi și se ridică, vădit ușurat.

– Nu, firește. Vă conduc.

13

Peste trei săptămâni, Juliette se instală în noua locuință. Așa cum spusese Soliman, ziua pătrundea în cele două camere, foste ateliere, doar prin galerie și printr-o lucarnă îngustă, scăldându-le până la căderea nopții într-o lumină palidă, egală, care în curând începu să i se pară odihnitoare. Soliman descoperise într-una dintre remize cutii enorme cu vopsea galbenă, niște pensule ce trebuiră lăsate la înmuiat două zile, atât erau de țepene, și prelate pe care le întinseră pe jos înainte să se apuce de lucru. Nu trecu mult și dungi galbene, late începură să se întretaie pe suprafața pereților scorojiți, în funcție de mișcările sau, mai degrabă, de conversațiile lor dezlânate. Ghemuită în colțul cel mai apropiat de ușă, Zaïde, înarmată cu pensula de la trusa ei de acuarele și cu o paletă pe care grămăjoare de guașă se suprapuneau, se întindeau, se amestecau, picta flori pe plintă. Trandafiri albastru-închis cu tulpini roșii, margarete verzi cu mijlocul violet, lalele negre, „precum cea pe care Roza o creștea în camera ei pentru bietul Cornelius, prizonierul".

– Înoată în Alexandre Dumas ca un adevărat peștișor, explicase Soliman, zâmbind mândru.

Fără întrebări, își tot repeta în sinea ei Juliette, care ardea de dorință să le rostească. Așa că vorbeau despre culori, despre flori, despre mania lalelelor, despre grădinile Orientului împărțite în patru părți, după imaginea paradisului. De altfel, „paradis" provenea dintr-un cuvânt persan, *pairidaeza*, care însemna „grădină închisă", o lămuri el.

– Aș prefera o grădină fără ziduri, zise Juliette, constatând că vechea salopetă de blugi pe care o îmbrăcase dimineață era presărată cu pete galbene ca un câmp întreg de păpădii.

– Mie îmi plac zidurile, se amestecă în discuție Zaïde, fără să ridice capul. Ești la adăpost.

– Nimeni nu-ți vrea răul, *ziba* („frumoasă", în farsi), rosti cu blândețe Soliman.

– Tu nu știi nimic. Nu știi nimic despre ce e dincolo de zid... Nu ieși niciodată.

– Totuși, a trebuit să intru.

– Da, fredonă Zaïde, a trebuit, a trebuit...

Și atât. Juliette ar fi vrut să afle însă cum ajunseseră tatăl și fiica aici, ce drum urmaseră, de unde veneau, din ce grădină sau poate din ce război, nu se putea abține să nu țească povești despre ei, iar aceste destine schimbătoare, fragmentate, nesigure sporeau farmecul pe care îl degajau ei și locul acesta care semăna cu o navă eșuată pe nisipurile unui estuar, întrucâtva abandonată și, totuși, atât de vie.

Vorbeau despre cărți și iar despre cărți, despre romanele gotice ale lui Horace Walpole și despre *Oamenii din Dublin* a lui Joyce, despre povestirile fantastice ale lui Italo Calvino și prozele scurte, enigmatice, ale lui Robert Walser, despre *Însemnările de căpătâi* ale lui Sei Shōnagon, despre poezia lui GarcÍa Lorca și a poeților persani din secolul al XII-lea. Soliman lăsă pensula ca să recite câteva versuri de Nezami:

La fel ca astrul nopții, pe cine mergi a vede?
Și acest stih frumos cui i s-a dezvăluit?
Umbrela de ambră cenușie și împărătească
își adumbrește capul
Și al său dais negru, pe cine stăpâni-vei?
Să spun că tu ești miere? Mai dulce ești ca mierea,
Că farmeci inimi toate? Pe care-o înrobești?
Tu pleci și eu aproape că sufletul mi-l dau
O, durere a lui Nezami...

Și Juliette aproape că-și lipi nasul de perete, tulburată de aceste cuvinte, dar de ce tulburată, se întreba ea urmărind cu degetul conturul unui pervaz, nu sunt îndrăgostită de el, și totuși o să plece și el, și toate de aici, depozitul, camerele, biroul lui îmi vor părea goale, în ciuda vocii lui Zaïde, a cântecelor, a jocurilor și a jucăriilor ei pe care le voi strânge de pe treptele scării de incendiu, în ciuda cărăușilor și a cărților, în ciuda...

– Nu vă place poezia?

Ce prost! Nu înțelesese nimic. De altfel, nici ea. Asta trebuie să facă parte din faimoasa condiție umană, pachetul pe care-l primim la naștere – toți suntem, în definitiv, obturați, impermeabili la emoțiile celuilalt, incapabili să descifrăm gesturile, privirile, tăcerile, condamnați toți să ne explicăm, laborios, prin cuvinte care nu se dovedesc niciodată cele mai bune.

– Ba da... Ba da, îmi place poezia. Mă doare puțin capul de la mirosul de vopsea.

Un motiv cusut cu ață albă, însă el căzu imediat în capcană, îi oferi un scaun, apă, o aspirină și, în cele din urmă, îi propuse să ia puțin aer, ceea ce Juliette acceptă cu recunoștință. Ieși în galerie și se plimbă de colo până colo, observând curtea, imobilele care o încadrau pe trei laturi și care, în mare măsură, își arătau doar fațadele fără geamuri sau uși. Nimeni nu putea să vadă ce se petrecea aici, era un adăpost perfect în mijlocul Parisului – un adăpost sau o ascunzătoare izolată, protejată. Și vechea bănuială apăru iar, insidioasă, oare Soliman îi spusese adevărul, solitudinea lui voluntară, maniile aparent inofensive nu ascundeau altceva, Juliette nu îndrăznea să se gândească ce ar putea însemna acest „altceva", dar, oricât se străduia să le alunge din minte, imaginile o copleșeau, violente, sângeroase, atroce, imagini transmise în buclă de toate canalele de televiziune, ca și toate ușile acelea sparte, barate de cordoane de securitate, dincolo de care zăreai un interior devastat, arme, se găsiseră arme, dar și liste, nume, locuri. Erau întrebați vecinii, era foarte politicos, spunea o doamnă în vârstă, îmi ținea ușa liftului și îmi căra pachetele.

Juliette își trecu mâinile peste față înainte să-și dea seama că avea degetele pătate de vopsea, o să semăn cu o păpădie, și râse, un râs nervos care voia să alunge viziunile cumplite, teama, tot ceea ce i-ar face viața imposibilă dacă nu era atentă, haide, Juliette, teroriștii nu recită poezii, ei urăsc poezia, muzica și tot ce vorbește despre dragoste. Încă o idee preconcepută, dar încercă să se agațe de ea; în pragul înecului, nu-ți alegi pluta de salvare.

– Luați asta, o să vă facă bine.

Stătea în spatele ei, întinzându-i un pahar de sticlă fumé din care se ridica un abur fin.

– Ceai cu mirodenii.

– Mulțumesc, murmură ea.

Rușinată, își lăsă nasul în aburul parfumat, închise ochii și își imagină că e undeva departe, foarte departe, într-o piață orientală, una dintre piețele spulberate de bombe, într-una dintre grădinile care nu mai existau decât în povești. Luă o înghițitură.

– E bun, zise ea.

Soliman se sprijinea în coate pe balustrada ruginită, cu privirea îndreptată spre cerul care încet-încet devenea mov.

– Curând se va însera și o să fie prea întuneric ca să mai vopsim.

– Putem aprinde lumina, replică Juliette cu un glas care i se păru ciudat de gâtuit.

El clătină din cap.

– Nu. Trebuie să fie zi. Trebuie să fie zi, repetă el dându-și capul pe spate de parcă aștepta o aversă de lumină.

– Soliman...

– Știți, continuă el fără s-o privească, grădinile există încă. Există aici.

Puse o mână pe frunte, apoi o duse la piept, în dreptul inimii.

– Cum știți...

– Ceaiul. Nu pot să-l beau și să nu mă gândesc la ele.

Juliette mai bău puțin. O liniște stranie se răspândea în ea pe măsură ce lichidul cald îi aluneca pe gât. Era bine și, curios, se simțea în locul potrivit. Asta nu însemna că toate întrebările își aflaseră un răspuns – cum ar fi putut niște simple cuvinte – „există încă" – să aibă atâta putere? Ea nu mai trăia în povești, nici în cărți, ca el. Nu complet.

Dar se gândea că poate învăța să trăiască împreună cu întrebările ei.

14

Când bărbatul cu pălărie verde împinse ușa biroului, Juliette strănută. Pentru a le înlesni drumul oaspeților, tocmai împinsese întreaga *Comedia umană* a lui Balzac spre o etajeră care părea suficient de solidă ca s-o susțină – după ce va fi luat de acolo o colecție de romane *noir*, ce aveau să migreze pe polița șemineului a cărui vatră era deja blocată de un morman de povești de călătorie, printre care și o foarte ciudată *Travels of Ali Bey in Marocco, Tripoli, Cyprus, Egypt, Arabia, Syria and Turkey*[1], ediția din 1816. Praful plutea părând aproape solid, iar bărbatul ridică o mănușă ca să-l dea la o parte, cum ar fi făcut cu o cortină întinsă de-a latul încăperii.

---

[1] „Călătoriile lui Ali Bei în Maroc, Tripoli, Cipru, Egipt, Arabia, Siria și Turcia“ – în lb. engl. în orig. (n. red.).

– Bună ziua, domnișoară, zise el cu o voce subțire și melodioasă, ce contrasta cu corpolența lui și cu expresia cam severă a feței.

Se opri încruntat.

– Unde este Soliman?

Părea uimit, un pic iritat. Juliette se îndreptă de spate, ștergându-și mâinile pe blugi. Cu totul inutil. Era plină de praf din cap până-n picioare.

– Lipsește o vreme, răspunse ea cu prudență.

– Lipsește.

Nu fusese o întrebare, nu, doar repetase cuvântul, îl mesteca, la fel ca pe o mâncare bizară și exotică. Făcu de mai multe ori acest exercițiu, apoi își plimbă privirea prin cameră și, observând un scaun liber, porni spre el, îl scutură de praf cu grijă înainte să se așeze, potrivindu-și cu două degete dunga pantalonilor, astfel încât aceasta să cadă drept în lungul picioarelor. După ce termină, ridică ochii și se uită amabil la Juliette.

– Soliman nu lipsește niciodată.

Parcă enunțase o certitudine.

– Eu... El a...

Încurcată, tânăra femeie își tot răsucea mâneca. Purta un pulover roșu, puțin prea lung și ponosit. Îl scosese de dimineață dintr-o grămadă de haine, fiindcă avea nevoie de alinare. De când plecase Soliman, ploua fără încetare.

Zaïde era răcită și prost dispusă, în curte canalizarea cedase și răspândea un miros persistent de ouă stricate. Iar puloverul roșu, când se privise în oglinjoara atârnată lângă duș, îi încălzise puțin inima. Însă acum nu o proteja și împotriva propriei timidități.

Se ciupi discret de braț.

Bărbatul cu pălărie verde. Cel din metrou, cel cu insectele, cu hârtia foșnitoare.

Aici, în birou, printre construcțiile uneori efemere de cotoare și de margini de carte, multicolore sau alternând toate nuanțele fildeșului, de la crem la galben-pai. În carne și oase.

Parcă personajul unui roman se strecurase afară din volumul său ca să-i vorbească.

– A avut niște probleme... de rezolvat, rosti ea cu greu. În provincie. Eu îi țin locul. Provizoriu, bineînțeles.

Dumnezeule, o să continue să înșire banalități? Tăcu, roșie la față, și se adânci în contemplarea bascheților uzați, dar comozi pe care îi păstra pentru zilele marilor rearanjări. De fapt, de când locuia aici nu făcuse nimic altceva sau aproape nimic. Se simțea împresurată, supravegheată, agresată chiar de toate aceste cărți – în fond, de unde veneau? Ce sursă aparent inepuizabilă alimenta turnurile, coloanele, grămezile, cutiile ce păreau cu fiecare zi mai numeroase? Le găsea în fața porții înalte de fier de fiecare dată când scotea nasul afară; dădea peste genți burdușite, coșuri pline ochi și uneori rupte, teancuri legate cu o sfoară, cu un elastic lat și, o dată sau de două ori, chiar cu o panglică roșie ce conferea acestor depuneri anonime un aer desuet și oarecum romanesc.

Da, romanesc. Totul era romanesc aici, cam prea romanesc, ea nu avea să mai reziste mult, îi trebuia o atmosferă mai puțin rarefiată, mai puțin încărcată de știință și de povești, de intrigi și de dialoguri subtile, așa îi explică dintr-o suflare, plângând în hohote, bărbatului cu pălărie verde care, descumpănit, își scoase pălăria, o bătu stângaci pe umăr și, în cele din urmă, o cuprinse în brațe și o legănă ca pe un copil.

– Nu-i grav, nu-i grav, repeta el ca o mantră.

– Ba da, zise Juliette trăgându-și nasul. Habar n-am de nimic. Soliman a avut încredere în mine, iar eu nu reușesc să fac nimic. Nici măcar să ordonez... toate astea.

– Să ordonați?

Începu să râdă. Un râs ciudat, parcă ruginit. Poate n-a mai râs de mult, își zise Juliette, care se scotocea prin buzunare după un șervețel. Își șterse ochii, își suflă nasul energic și în sfârșit se liniști.

– Îmi pare rău.

– De ce?

– Păi... fiindcă... nu ne cunoaștem... probabil credeți că sunt complet isterică.

Un zâmbet înflori pe fața lată a bărbatului, un zâmbet care ajunse la ochi, din care irisuri scânteietoare aproape dispărură între pleoapele cu piele fină și albă, presărată cu punctișoare roșii.

– Vă înșelați, domnișoară. În primul rând, nu vă cred isterică, așa cum spuneți atât de nechibzuit. De fapt, nici nu vă acuz pentru asta; nu știm niciodată ce punem în cuvintele menite să descrie simptomele sau afecțiunile de care suferim. Și în al doilea rând, fiindcă un al treilea nu există, ne cunoaștem foarte bine. Mult mai bine decât vă închipuiți. Să știți că nu sunteți singura care se uită ce citesc oamenii în metrou.

15

Peste o jumătate de oră, Juliette și Léonidas – chiar purta acest prenume care ei îi evoca irezistibil un munte de ciocolată, fructe confiate și napolitane – împărțiseră deja un croasant cu migdale rămas de la micul dejun și un nes, fiindcă tânăra refuza să se atingă de mașina complicată inventată de Soliman pentru a prepara licoarea neagră, din care el bea cel puțin douăsprezece cești pe zi. Dacă vedeai pălăria verde pusă pe un teanc de vreo zece romane englezești, paltonul agățat în cuierul proptit – îi lipsea un picior – cu operele disprețuite ale unei romanciere americane cu tiraj mare, spiralele ce se înălțau din pipă aureolând tavanul cu un dais albăstrui, cu falduri unduitoare, ai fi zis că vizitatorul era adevăratul ocupant al locului, iar Juliette, o stagiară nervoasă și mult prea dornică să facă totul bine.

– Trebuie să clasez toate astea, explica ea. Nu mă mai descurc. Cărăușii vin, le dau o pungă de cărți la nimereală, culese de ici, de colo... de fapt, din teancurile printre care nu mai pot să trec. Am impresia că fac totul pe dos. Nu... nu știu cum proceda Soliman. Cum alegea cărțile, vreau să spun.

Léonidas nu răspunse la această întrebare mascată; reflecta încruntat, trăgând tot mai des din pipă.

– Problema, draga mea copilă, nu e atât să știi cum le alegea, ci cum le sorta. Și cum anume cărțile însele alegeau să iasă la suprafață.

Petrecură sfârșitul după-amiezii explorând biroul și încăperea mare de alături, în care Juliette nu cutezase încă să se aventureze. Era o sală cu pereții goi, unde lumina pătrundea prin două ferestre plasate chiar sub tavan, mai mult late decât înalte, pe care le puteai întredeschide cu ajutorul unui lanț subțire. Însă geamurile erau atât de murdare, că lumina răspândită de ele abia se dovedea suficientă ca să nu se lovească unul de altul.

Nu existau rafturi de niciun fel, nici măcar bibliotecile meșterite din lăzi de fructe, care păreau să-i placă atât de mult lui Soliman. Doar cărți. Cărți sprijinite de pereți, pe două, trei, uneori patru rânduri. Mijlocul încăperii era gol.

– Ei bine, constată Léonidas cu satisfacție, s-ar zice că Soliman a început această muncă pe care dumneavoastră o considerați imposibilă. O să găsim aici o orientare, cum să zic... o linie directoare. Nu încape îndoială.

Dădu din cap de două ori a încuviințare, suflând un rotocol enorm de fum. Juliette se repezi să tragă de cel mai apropiat lanț, ca să lase să intre măcar un pic de aer.

– O linie directoare.

Încercase și ea de data asta să nu dea vocii sale o inflexiune interogativă care ar fi așezat-o definitiv, în ochii acestui amator de ediții rare, în rândul papagalilor fără minte.

– Vedeți dumneavoastră, spuse Léonidas, aranjarea cărților are o poveste cel puțin la fel de interesantă precum a cărților înseși. Am cunoscut un om...

Se răzgândi, apoi continuă:

– Poate că nu l-am cunoscut în realitate. Să zicem că am citit o carte în care el era personajul principal – dar e un mod bun de a cunoaște oamenii, nu-i așa? Poate cel mai bun. Ei bine, acest om evita să pună pe aceeași etajeră două volume ale unor autori care nu se înțelegeau, nici chiar dincolo de moarte... Știați că Erasmus a fost condamnat de un judecător din Verona să le dea săracilor o sută de ecu fiindcă l-a ironizat pe Cicero? Shakespeare și Marlowe s-au acuzat reciproc de plagiat, Céline îl numea pe Sartre „răhățel“, Vallès îl considera pe Baudelaire cabotin. Cât despre

Flaubert, el folosea lauda cu dublu tăiș: „Ce om ar fi fost Balzac, dacă ar fi știut să scrie!“ Scrisul nu te scutește niciodată să fii invidios, meschin, să ai un limbaj de târfă – scuzați-mă. De obicei, nu mă exprim așa, dar nu văd cum aș putea spune altfel.

Juliette îi aruncă o privire piezișă și începu să râdă. Prezența acestui bărbat îi făcea bine. Un erudit placid, un soi de unchi cum întâlnești în vechile romane, care te ține pe genunchi și te lasă să te joci cu lanțul cu brelocuri de la ceas, când ești mică, iar mai târziu îți oferă un alibi când nu vii acasă noaptea. I-ar fi plăcut să-l cunoască mai de mult.

Vorbea despre cărți ca despre oameni vii – prieteni vechi, adversari redutabili câteodată, unii remarcându-se ca adolescenți sfidători, iar alții, ca niște doamne în vârstă care coseau pe canava în fața focului. Există în biblioteci, susținea el, savanți arțăgoși și femei îndrăgostite, furii dezlănțuite, ucigași potențiali, băieți zvelți, de hârtie, întinzând mâna unor tinere firave a căror frumusețe se dezintegrează pe măsură ce se schimbă cuvintele care o descriu. Anumite cărți sunt cai impetuoși, nestruniți, care te poartă într-un galop năvalnic, cu răsuflarea tăiată, abia ținându-te de coama lor. Altele, luntri ce plutesc liniștit pe lac într-o noapte cu lună plină. Iar altele, temnițe.

Îi vorbi despre autorii lui preferați, despre Schiller, care scria întotdeauna având niște mere putrede în sertarul biroului, ca să-l forțeze să lucreze mai repede, și care își băga picioarele într-un ciubăr cu apă ca gheața pentru a rămâne treaz noaptea; despre Marcel Pagnol, atât de pasionat de mecanică, încât a cerut brevet pentru un „bulon nedebulonabil"; despre Gabriel García Márquez, care, pentru a avea din ce trăi cât a scris *Un veac de singurătate*, și-a vândut mașina, radiatorul, mixerul și uscătorul de păr; despre greșelile de acord ale lui Apollinaire, Balzac, Zola și Rimbaud, greșeli pe care le ierta cu dragă inimă și chiar cu o oarecare lăcomie.

– Îmi plac la nebunie istorioarele dumneavoastră, zise Juliette într-un târziu – se înnoptase de mult, probabil lui Zaïde i se făcuse foame, chiar și ea simțea niște crampe în stomac –, dar nu văd în ele începutul a ceea ce numiți „linie directoare". Tot nu știu cu ce să încep. Cu scriitorii care fac greșeli de gramatică? Cu cei care au un hobby, o predispoziție spre nebunie? Cu călătorii, cu sedentarii, cu singuraticii?

Léonidas strângea între dinți capătul pipei al cărei căuș se golise de mult. Dădu din cap oftând.

– Sincer să fiu, nici eu. Dar nu-i ceva grav. Duceți-vă la culcare, copila mea! Mâine lucrurile s-ar putea să vă apară într-o lumină cu totul nouă.

Se gândi câteva clipe.

– Sau nu.

– Nu-i prea încurajator...

– Nimic nu e încurajator în viață... Trebuie să culegem încurajări de acolo de unde ochiul nostru, sau entuziasmul nostru, sau pasiunea, sau... cum vreți să-i spuneți, sunt capabile să le descopere.

O bătu ușurel pe obraz cu îngăduință.

– Iar dumneavoastră sunteți capabilă. Nu mă îndoiesc.

16

A doua zi, Juliette se ținu departe de cărți și lăsă biroul închis. De la galerie, văzu un cărăuș trecând de poartă și încercând să deschidă ușa cu geamuri, apoi lipindu-și nasul de ea, cu o mână streașină la ochi, dar Juliette nu se arătă. Zaïde era tot bolnavă, somnolentă, cu o ușoară stare febrilă; o lăsase cu o întreagă armată de păpuși de cârpă, confecționate manual, cărora fetița le spunea povești neinteligibile, culcându-le una după alta lângă obrazul ei, pe pernă.

Uitându-se la păpuși, se gândise la mama lui Zaïde. Murise? Îi era dor de ea? Absența unei mame putea fi compensată? O întrebare teribilă, în sensul că singurul răspuns care părea să vină de la sine era „nu". Juliette își făcu ceai, un ceainic întreg, își turnă o ceașcă și se așeză s-o bea departe de ferestre, de zidurile curții, departe de cea mai mică deschidere spre exterior. Avea nevoie de un cocon, moale, tihnit și tăcut.

În fond, așa trăise toată viața. Cuibărindu-se în cea mai mică firidă aflată la îndemână. Casa părinților ei, în suburbie, o suburbie calmă, unde sunetul unui scuter trecând pe stradă era considerat de rezidenți un zgomot insuportabil; mica școală de cartier, colegiul situat la două străzi mai departe, liceul profesional unde, fără plăcere și fără revoltă, luase bacalaureatul, opțiunea Comerț, apoi un BTS[1]. Ar fi putut merge mai departe, în spațiu cel puțin, să depășească măcar tot ce-i periferic, să nu se mulțumească cu filierele propuse de mica instituție de învățământ unde mama ei fusese timp îndelungat eficienta și discreta secretară a directorului. Nu îndrăznise. Nu, la drept vorbind, nici nu-și dorise.

Niciodată nu fusese conștientă că se teme, că îi e groază de imensitatea și de diversitatea lumii, dar și de violența ei. Casa, școala, colegiul, liceul. Și, la sfârșit, agenția. Agenția aflată la douăsprezece stații de metrou de garsoniera cumpărată grație moștenirii de la bunica.

„Nici măcar nu trebuie să schimbi peronul“, constatase mama ei, aprobatoare. „O să-ți simplifice viața, draga mea.“

---

[1] Abreviere de la *Brevet de Technicien Supérieur*, în Franța, diplomă de studii superioare ce poate fi obținută la doi ani după bacalaureat (n. tr.).

De simplă, viața lui Juliette era simplă. Se trezea în fiecare dimineață la șapte și jumătate, făcea un duș, mânca pe blatul din chicinetă patru *biscotte*, nu mai mult, cu brânză tartinabilă, bea un pahar de suc de mere, o ceașcă de ceai și pleca la muncă. La prânz, mânca uneori împreună cu Chloé la restaurantul vietnamez din colțul străzii – asta se întâmpla cam de două ori pe lună, exceptând cazurile când încheiau o vânzare interesantă, ocazie cu care își permiteau ceva mai special –, în rest, mânca salata pregătită de seara, adăugând în ultimul moment sosul adus într-un borcănaș de capere golit și spălat cu grijă. Avea întotdeauna pe birou un măr și o pungută de biscuiți ca gustări. Seara se întorcea acasă, făcea curat puțin și lua cina uitându-se la televizor. Vineri seara mergea la cinema, sâmbăta, la piscină, iar duminica lua prânzul la părinții ei, apoi îi ajuta la grădinărit, care le umplea timpul și conversațiile.

Când și când, un bărbat venea să tulbure această rutină. Oh, nu pentru mult timp. Bărbații erau ca o apă curgătoare, îi alunecau printre degete, nu știa ce să le spună, mângâierile ei erau stângace, îi simțea că se plictisesc sub pilota vărgată, odată estompat zvâcnetul plăcerii.

Când o părăseau, plângea câteva zile, își îndesa nasul în eșarfa bunicii, eșarfa albastră ce păstra, îi plăcea ei să creadă, un strop din parfumul femeii care o tricotase. Firește, nu era așa. Eșarfa mirosea a lavandă industrială, de la detergent, fiindcă trebuia spălată uneori, a chili, singurul fel de mâncare pe care Juliette se încumeta câteodată să-l prepare, și a eucalipt, impregnat în șervețelele din marca pe care mama ei obișnuia să o cumpere.

Mama ei murise în urmă cu doi ani, într-o seară frumoasă de primăvară, când se ridicase în picioare victorioasă, după ce terminase de plivit un răzor. Coșul cu buruieni se răsturnase, la fel și ea, fixând cu ochii deschiși cerul. Nu apucase nici măcar să-și strige soțul care, nu departe de acolo, rărea niște răsaduri de morcovi.

Îi era dor de ea. Oh, da, îi era dor. Se străduise mereu să netezească drumul sub pașii fiicei sale, s-o călăuzească spre căile cele mai sigure, cele unde nu întâlneai nici obstacole, nici încercări. Nici aventuri. Nici neprevăzut de orice fel. Nimic care s-o poată răni profund, nimic care s-o poată însă exalta, s-o scoată din ea însăși, din certitudinile ei șovăielnice, din existența retrasă, lină și monotonă.

De ce acceptase Juliette fără împotrivire? Aproape toți acceptaseră fără împotrivire – nu existau mulți rebeli acolo unde ea trăia. Evident, unii fumau câte un joint seara sau comiteau delicte mărunte, ca furtul unui CD din centrul comercial sau un graffiti neîndemânatic pe zidul unei clădiri –, dar asta nu însemna răzvrătire. Le lipsea tuturor mânia. Și entuziasmul.

Le lipsea tinerețea.

Bunica ei luptase pentru dreptul la avort, pentru egalitatea femeilor cu bărbații, pentru drepturile civile ale negrilor americani, contra centralelor nucleare, a delocalizărilor, a masacrelor din Vietnam și a Războiului din Irak. Toată viața distribuise materiale de propagandă, participase la manifestații, semnase petiții și purtase interminabile discuții aprinse despre modul sau modurile de a schimba lumea, oamenii, viața. Mama lui Juliette spunea râzând: „Mama e un adevărat clișeu.“ Da, într-un film despre anii '70, ar fi putut să apară această femeie care trăia într-o mică fermă înjghebată într-un sătuc din Pirinei, purta doar fibre naturale, devenise vegetariană cu mult înaintea acelor *bobos*[1] parizieni, citea Marx (cine citea Marx?) și cultiva canabis sub fereastra dormitorului.

Și tricota eșarfe uriașe pentru toți cei pe care-i iubea.

Ceașca lui Juliette era goală. O umplu din nou și își înmuie buzele în băutura călduță. Ceaiul lui Soliman, devenit repede preferatul ei. În timp ce inspira aburul delicat, se gândea la lăzi cu portocali, la terase, la mângâierea cețurilor marine, la coloane albe sparte, la Italia pe care n-o văzuse niciodată altfel decât prin intermediul cărților.

[1] Termenul *bobo* (din *bourgeois-bohème*, „burghez-boem“) desemnează o persoană în general tânără, înstărită, cultivată, nonconformistă (n. tr.).

Oare trebuia, se întrebă ea uitându-se la un păianjen care, în colțul tavanului, țesea grăbit o pânză aproape invizibilă, să călătorești în țările care ți-au plăcut când ai citit despre ele? Dar țările acelea existau? Anglia Virginiei Woolf dispăruse la fel de sigur ca Orientul din *O mie și una de nopți* sau ca Norvegia lui Sigrid Undset. Veneția lui Thomas Mann mai trăia doar în somptuoasele imagini ale lui Luchino Visconti. Iar Rusia... Din troica poveștilor ce aluneca neobosită prin stepă, vedeai lupi, căsuțe cu picioare de găină[1], imense întinderi acoperite de omăt, păduri întunecate pline de pericole, palate feerice. Dansai în fața țarului, sub lustre de cristal, beai ceai din boluri de aur, purtai toci de blană (ce oroare!), făcute din pielea unei vulpi argintii.

Ar regăsi ceva dacă ar lua avionul și s-ar duce să viziteze una dintre părțile acestea ale lumii – ținuturi vagi, cu hotare schimbătoare, unde ea străbătuse ca fulgerul distanțe de neimaginat, unde lăsase secolele să treacă peste ea, se învârtise printre constelații, vorbise cu animale și cu zei, luase ceaiul împreună cu un iepure, gustase cucută și ambrozie? Unde se ascundeau tovarășii ei, contele Pierre din *Război și pace*, zburdalnica Alice, Pippi Șosețica, suficient de puternică pentru a ridica un cal, Aladin, și Crazy Horse, și Cyrano de Bergerac,

[1] Aluzie la izba în care locuiește Baba Iaga, personaj din basmele slave (n. tr.).

dar și toate femeile la ale căror destine și pasiuni visase și reflectase, eschivându-se în același timp să le încerce ea însăși? Unde erau Emma Bovary, Anna Karenina, Antigona, Fedra și Julieta, Jane Eyre, Scarlett O'Hara, Dalva și Lisbeth Salander?

De fapt, îl înțelegea pe Soliman. Măcar el nu se prefăcea că duce o viață „normală". Se izolase de bunăvoie într-o fortăreață de hârtie, de unde trimitea regulat fragmente în exterior, ca niște sticle aruncate în mare, gesturi de ofrandă și de afecțiune pentru semenii săi, cei care înfruntau, dincolo de ziduri, viața reală.

Dacă aceste cuvinte aveau vreun sens.

Bun, acum o durea capul. Poate guturaiul lui Zaïde era contagios. Ori poate de vină era praful, kilogramele de praf pe care le înghițise în ultimele zile.

Rămâne praful. Era titlul unui roman nou-nouț pe care îl văzuse tronând pe un teanc, lângă masa de lucru a lui Soliman. Un roman *noir*, judecând după copertă. Pentru o zi cu ploaie, guturai și puțină depresie, era, poate, cel mai bun remediu.

Era totodată și o frumoasă propoziție de final pentru niște gânduri sau reverii incoerente ca ale ei.

17

– Aș fi vrut să vă întreb despre păianjeni.

Bărbatul cu pălărie verde tresări și vărsă ceaiul pe farfurioară. Juliette sări de la locul ei cu un șervețel în mână. El o îndepărtă cu un gest – mereu zâmbetul ăsta, își zise ea, zâmbetul motanului din *Alice în Țara Minunilor*. Amabil și distant totodată. În fața lui, se simțea prea tânără, nepricepută, încurcă-lume, cu „mâini care fug“, cum spunea bunica ei, mâini cărora le scapă totul, care nu știu să se muleze pe forma obiectelor, să le stăpânească sau să le dezmierde. Până și acum, avea impresia că ea însăși vărsase ceaiul și poate chiar o făcuse, cu întrebarea ei deplasată.

Din cauza cărții, cartea despre insecte pe care el o citea în metrou – prima dată când îl observase, îl luase drept un colecționar sau un cercetător. Nu se gândise „tipul ăsta e complet dus", dar... ba da, de fapt, așa gândise.

Și-acum, era aici.

Venea aproape în fiecare zi. Ciocănea ușor în ușa biroului, pe la 15.47 sau 15.49 – Juliette bănuia că această regularitate depindea de metrou. Îi lipsea linia 6, cu punctele ei de reper familiare, vasul Ministerului de Finanțe, amarat sub arcada fluvială, linia șerpuitoare, verde ca o pajiște, a centrului Les Docks de Paris, pe celălalt mal, pereții de sticlă ai stațiilor aeriene, grădinița de copii acoperită cu țiglă, o adevărată casă izolată în mijlocul imobilelor tot mai înalte, adesea o privise cu un fior de nostalgie care nu știa de unde vine, frescele de la Porte d'Italie, de pe pinioanele oarbe ale ansamblurilor construite în anii '70, podul Bir-Hakeim, stația Passy și aspectul său de gară de provincie... Îi lipseau și necunoscuții cărora le dăduse cărți cu titlul mascat de cartoanele colorate ale lui Zaïde, oameni cărora respectiva copertă le făgăduise fericire și schimbare și pe care i-ar fi plăcut să-i revadă, nu neapărat pentru a le pune întrebări, nicidecum, lectura era ceva foarte intim și foarte prețios, ci pentru a-i privi, pentru a surprinde pe chipurile lor indiciul unei schimbări, al unei stări mai bune, al unei bucurii chiar și efemere. Poate că era stupid.

– Nu-i așa că e stupid? îl întrebă ea pe Léonidas, după ce-i împărtăși gândurile ei.

– Credeam că o să vorbim despre păianjeni...

– Și despre ei.

– Cu ce vreți să începem?

– Cu păianjenii. De ce urcă prin canalizare? De ce părăsesc un loc sigur pentru altul mai periculos?

Léonidas își împreună și își despreună de mai multe ori mâinile albe, foarte îngrijite. Fiecare unghie era lustruită și perfect rotunjită.

– Această problemă nu se pune doar în cazul păianjenilor, răspunse el într-un târziu. Aș putea să vă țin o mică prelegere despre comportamentul insectelor, dar am impresia că nu asta căutați. Mă înșel?

Cuvintele lui Juliette porniră să curgă șuvoi, grăbite, avea nevoie să mărturisească tot, de-a valma, confuzia în fața acestei noi vieți cu care se deprindea lent, prea lent, revelația clară, nemiloasă, pe care o avusese despre banalitatea existenței sale dinainte, îndoielile, temerile, umbra speranței încăpățânate care, poate, se adăpostea între paginile nenumăratelor cărți de aici, imposibil de clasat.

– Și eu, zise ea, eram acoperită de praf. Se adunase fără să-l simt, înțelegeți?

– Cred că da, răspunse Léonidas. Și acum?

Juliette închise ochii o clipă.

– Toate astea (ridică mâna ca să-i arate încăperea în care se găseau și, dincolo de ea, depozitul, curtea, scara de fier ce se clătina, camerele care dădeau în galerie, bucata dreptunghiulară de cer ce domina zidurile și acoperișurile învecinate) au suflat peste mine ca un vânt puternic, înghețat. Mă simt goală. Mi-e frig. Mi-e frică.

Îl auzi mișcându-se. Îi puse cu blândețe o mână pe frunte. Îi aducea aminte de bunica ei când se ducea s-o viziteze în Pirinei, iarna, și când se alegea cu o răceală fiindcă se jucase prea mult în zăpadă cu încălțările ude.

– Felicitări...

Juliette crezu că n-a auzit bine. De ce o felicita? Pentru ce merita laude? Mâna, ușoară, nu întârzie pe pielea ei. O simți îndepărtându-se. Léonidas se așeză la loc în fotoliul care scârțâi. Juliette nu îndrăznea să deschidă ochii. Nu încă. Poate confundase sinceritatea cu ironia. Poate...

Dracu' să le ia de „poate"!

Se uită la el. Învăluite de fumul albăstrui degajat de pipă, trăsăturile bărbatului se unduiau, se schimbau: era duhul din lampă, spiridușul ce răsărea, malițios, din tăciuni sau dintr-o mlaștină presărată cu luminițe palide, săltărețe.

Léonidas scoase pipa din gură, o ridică și se lovi ușor cu coada ei în tâmplă.

– Să-ți fie frică e un lucru bun, continuă el calm. Începeți să înțelegeți că marea aranjare pe care o plănuiți – și împotriva căreia nu aduc niciun argument, credeți-mă – nu trebuie să aibă loc între acești pereți.

– Dar unde, atunci?

Juliette își recunoștea vocea, febrilă, avidă.

– Aici. În ceea ce numiți, după cum doriți, spirit, cap, inimă, înțelegere, conștiință, amintiri... Mai sunt și alte cuvinte. Toate insuficiente, zic eu. Însă nu asta contează.

Se sprijini de brațele fotoliului și se apleca spre ea.

– În dumneavoastră trebuie toate aceste cărți să-și afle locul. În dumneavoastră. Nicăieri în altă parte.

– Vreți să spuneți că... trebuie să le citesc pe toate? Pe toate?

Și fiindcă el nu răspundea, Juliette se foi puțin, apoi își încrucișă brațele la piept într-un gest de apărare.

– Și dacă aș reuși... ce se va întâmpla după aceea?

Léonidas își lăsă capul pe spate și suflă fumul într-un cerc perfect, pe care îl urmări visător cu privirea până se deformă când atinse tavanul.

– Le veți uita.

18

Așa că se puse pe citit. Și o altă rutină luă naștere: se trezea devreme, pregătea micul dejun pentru Zaïde și îi verifica ghiozdanul, cobora în spatele ei scara de fier ce-i răsuna sub tălpi, îi făcea un semn cu mâna, în timp ce sprijinea poarta grea, între ale cărei canaturi strecura un alt „cuc“ în locul precedentului, dezmembrat de-acum în fâșii umede, apoi intra în birou.

Cărțile se aflau acolo. O așteptau. Învățase să se deplaseze cu suplețe printre teancuri, să evite colțurile cartonate, să atingă în treacăt bibliotecile fără să le dărâme. Nu mai avea senzația de sufocare ce o forțase uneori să părăsească încăperea, apoi curtea și să bată cu pași mari străzile, ținându-și brațele încrucișate la piept ca să se protejeze de vântul tăios. Grămada de volume devenise o prezență amicală, un soi de plapumă de puf moale, sub care îi plăcea să se cuibărească. Când închidea ușa cu geamuri în urma ei, credea chiar că aude ceva ca un fredonat, o vibrație mai degrabă, care se ridica dinspre pagini, chemând-o. Chemarea era mai puternică din partea asta – ba nu, din partea cealaltă. Venea dinspre căminul astupat sau dinspre colțul întunecat din spatele taburetului. Se apropia precautä, cu mâna întinsă pentru a mângâia cotoarele cartonate sau îmbrăcate în piele uzată. Apoi se oprea.

Acolo era. Aceea era.

Încă din prima zi, Juliette înțelesese că nu va fi în stare să aleagă singură dintre miile de cărți strânse de Soliman. Așa că reluase selecția aleatorie pe care deja o încercase la „eliberările de cărți" în metrou. Era suficient să aștepte. Să stea liniștită. Deși ea nu putea să vadă interiorul cărților – milioanele de fraze, de cuvinte care forfoteau asemenea unor colonii de furnici –, cărțile o vedeau pe ea. Iar ea li se oferea. Oare o pradă ușoară, fără apărare, care nu încearcă să fugă sau să lupte, trezea neîncrederea prădătorului? Trebuia, de fapt, să vadă cărțile drept niște fiare mici ce visau să iasă din cuștile de hârtie, să se repeadă asupra ei, să o devoreze?

Poate că da. Însă nici nu conta. Dorea să fie devorată. O dorință care o ținea trează noaptea, o împingea din pat în zori, o reținea până seara târziu, sub veioza în stil industrial, pe care o cumpărase din talciocul de pe aleea vecină – niciodată înainte nu se aventurase până acolo, mulțumindu-se să-și facă târguielile la băcănia din colțul străzii.

Citea întinsă pe burtă în pat, pe vine, rezemată de rampa galeriei, sprijinită în coate de biroul lui Soliman sau de masa din bucătărie unde făcea de mâncare pentru Zaïde, citea întorcând în tigaie, cu gesturi iuți, un *steak haché*, călind ciuperci, amestecând un beșamel. Ba găsise și o poziție, firește dureroasă, care îi permitea să citească atunci când curăța legume: proptea cartea în scobitura brațului și întorcea paginile cu o furculiță ținută între buze. Era copilăresc, dacă te gândeai bine. Citea în baie, precum clienta lui Chloé (oare terminase *Rebecca*? Sfârșitul romanului marcase și sfârșitul fericirii în apartamentul prost conceput, căruia faima unei povești de dragoste îi ascunsese defectele?), când bea cafeaua și chiar când îi primea pe cărăuși, aruncând intermitent priviri lacome spre pagina începută, în timp ce împingea spre unul și altul un teanc de cărți adunate de ici, de colo – cu un zâmbet de scuze pe deasupra.

Juliette se strecura în fiecare poveste ca într-un înveliș nou și strălucitor; pielea i se impregna cu sare și cu parfum, natronul folosit pentru conservarea supleței membrelor lui Tahoser, eroina din *Romanul mumiei*, cu mângâierile unui necunoscut întâlnit la bordul unei nave, cu polenul unor arbori ce creșteau în celălalt capăt al lumii, uneori chiar cu sângele scurs dintr-o rană. Urechile îi erau pline de ecouri de gong, de sunetul ascuțit al fluierelor antice, de bătăi din palme ce ritmau un dans ori salutau un discurs, de șuierul valurilor rostogolind pietre rotund șlefuite în pântecele lor verde-albăstrui. Ochii îi ardeau de vânt, de lacrimi, de fardurile curtezanelor. Buzele i se umflau de mii de sărutări. Degetele i se acopereau cu o nevăzută pulbere de aur.

Uneori ieșea din lecturile ei dezordonate cu o senzație de greață, însă cel mai adesea, beată de spațiu, de pasiune, de groază. Nu mai era ea cea care, la ora cinci fără un sfert, o întâmpina pe Zaïde în ușa bucătăriei; era Salammbô, era Alexandru, Sancho Panza sau baronul cu mintea rătăcită, teribila lady Macbeth, Charlotte a lui Goethe, Catherine Earnshaw – și, când și când, Heathcliff.

– Povestește, îi cerea fetița.

Și Juliette povestea, în timp ce îi ungea cu unt trei tartine, niciuna în plus, niciuna în minus. Tartine pe care fetița le savura cu înghițituri mici – trebuia să prelungești plăcerea.

– Ești ca Soliman, remarcă ea în cea de-a cincea zi.

Juliette observase că nu spunea niciodată „tata". În ochii ei, Zaïde era un adult în miniatură, mult prea serioasă câteodată și cu o logică implacabilă.

– De ce ca Soliman?

– Zice mereu că el a fost până la capătul pământului fără să se miște de pe scaun. Așa o să faci și tu? Nu mai ieși deloc. Te plimbi în mintea ta. Eu, una, n-aș putea.

– Totuși, îți plac poveștile, replică Juliette, care băgase degetul în borcanul cu dulceață de zmeură și acum îl lingea, uitând că menirea ei era să ofere un exemplu de bune maniere.

– Da, pentru că...

Zaïde își propti bărbia în pumnul mic și căzu pe gânduri încruntată. Expresia pe care o afișa făcea asemănarea cu tatăl ei atât de izbitoare, încât Juliette se simți înduioșată – tulburată. Îi lipsea Soliman. Nu avea nicio veste de la el și începea să se îngrijoreze.

– Pentru că poveștile îmi trezesc dorința să trăiesc și eu aventuri, zise într-un târziu fetița. Dar nu pot, fiindcă sunt încă prea mică. Însă voi nu iubiți aventurile, o acuză ea.

– Ba da, bineînțeles că da!

– Nu vorbești serios. Pun pariu că acum ți-ar fi frică în metrou.

Juliette ridică mâna dreaptă, cu palma întoarsă spre Zaïde.

– Vrei să punem pariu? Nu mi-e teamă.

– Să pariem? Depinde pe ce, răspunse malițios copila. Pariurile adulților nu sunt amuzante. Eu pun pariu pe o călătorie.

Surprinsă, Juliette ridică din sprânceană.

– O călătorie? Dar nu știu dacă...

– O călătorie oriunde. Pe șantierul din spatele școlii. La blocurile-turn pe care le-am văzut într-o zi când mă duceam la dentist. Nu contează unde. O călătorie înseamnă să mergi într-un loc pe care nu-l cunoști, adăugă ea.

– De acord, murmură femeia, cu inima strânsă.

– Tu pe ce pariezi?

Juliette înghiți în sec. Doar n-o să izbucnească în lacrimi în fața acestei copilițe care visa la depărtări atât de apropiate, de parcă a ieși din propriul cartier ar fi un cadou rar.

– Același lucru.

Zâmbetul minunat pe care i-l oferi Zaïde însemna deopotrivă o recompensă și o pedeapsă.

– Mâine, afirmă Juliette, voi lua din nou metroul.

– O să mergi de la un capăt la altul al liniei.

– De la un capăt la altul, promit. În ambele sensuri.

– De mai multe ori?

– De mai multe ori, dacă vrei tu. Dar de ce?

– E mai bine, o să vezi.

Hotărât lucru, puștoaica semăna mult prea mult cu tatăl ei.

19

Zaïde nu se înşelase. Juliette înţelese asta de cum urcă, gâfâind, scările ce duceau spre peron: îi era frică. Geanta îi împovăra umărul; luase cu ea patru cărţi, dintre care una foarte groasă, probabil un scriitor rus, nu se uitase la titlu. Această greutate o liniştea, o ancora printre corpurile ce se înghesuiau în jurul ei. Uitase cât erau de numeroase. Uitase parfumurile uneori agresive, tropăiturile, bombănelile, privirile întoarse când, o dată la două-trei staţii, un boschetar trecea întinzând mâna sau rostea cu voce egală rugămintea repetată în fiecare vagon. Uitase trepidaţiile, clinchetele, soneriile, pântecele negru al tunelurilor, revărsarea bruscă a luminii când metroul ieşea la suprafaţă pe viaducte, când o rază de soare se reflecta într-o fereastră sau o faţadă şi se plimba pe toate chipurile.

Rezemată de geam, Juliette se clătina în același ritm cu ceilalți. Deschisese una dintre cărți, un thriller care îi absorbi toată atenția ca un vortex. Câteodată, revenea la realitate când un braț sau un cot o atingeau, când un râs prea ascuțit răsuna în spațiul strâmt, când basul îndârjit ce răpăia în căștile unui călător tulbura sunetele pe care ea și le imagina citind.

Citi astfel până la capătul liniei, fără să se teamă, măcar o dată, că va rata coborârea; era neobișnuit, dar comod.

Stația Nation. Rămase singură, dar nu ridică ochii de la pagina pe care o întorcea. Apoi metroul se puse iar în mișcare, de astă dată în celălalt sens. Juliette nu-și schimbase locul. Iar orașul se desfășura din nou sub privirea ei distrată – ținea un deget între două pagini, deseori se întorcea la personajul ei blond, zvelt, crud la modul inocent – și însetat de iubire (Paola Barbato, *À mains nues*, Denoël). Pivnițele unde el se lupta se suprapuneau peste imaginile tremurătoare din geamurile biciuite de ploaie, deformate, colțuroase, culorile lor amestecându-se și lăsând să apară câte o sclipire înșelătoare, fugară.

Un oraș sau, mai degrabă, imaginea lui inversată, aceeași imagine și aceeași parte a drumului, Juliette nu-și dăduse seama niciodată până atunci, dar preferase mereu să aibă Sena în dreapta când mergea spre Étoile, se uita mereu în direcția ei, iar seara se așeza, astfel încât să-și lase privirea să hoinărească peste apă, întorcând capul la stânga, în sensul de mers.

– Ești de-a dreptul țicnită!

Juliette tresări. Ar fi putut să rostească ea însăși cuvintele, poate chiar le rostise în gând, dar glasul era al lui Chloé.

Chloé, stând în fața ei, într-un taior verde-acid, cu eșarfă roz și gloss asortat.

– Am încercat de o mie de ori să te sun.

Juliette alungă imaginea telefonului mobil îngropat sub un maldăr de *Grand Larousse du XIXe siècle* în cincisprezece volume, o raritate legată în piele naturală.

– Am... Cred că nu mai am baterie.

Nici măcar nu era o minciună. Dar asta n-o împiedică să se simtă vinovată.

– Te urmăresc de o oră, zise Chloé. Ai mers până la Nation cu nasul în hârțoaga ta și acum te întorci. Cu ce te ocupi? Lucrezi pentru RATP[1]? Faci anchete, nu? Scrii chestii despre transport? Reține că aș prefera să fie așa, fiindcă, altfel, ești bună de dus la balamuc, scumpo!

Juliette nu-și putu împiedica un zâmbet. Îi lipsise și Chloé. Părul ei vâlvoi, dinții neregulați, zâmbetul, tocurile amețitor de înalte și remarcile ei dintr-o bucată. Până și

[1] Abreviere pentru *Régie autonome des transports parisiens* (n. tr.).

modul compulsiv de a cumpăra de pe internet și gustul vestimentar dezastruos – toate astea îi lipsiseră.

– Nu mai ești supărată pe mine? întrebă Juliette cu o ușoară neliniște.

– Supărată pe tine? De ce?

– Pentru cărți.

– Ce cărți? Ah, alea... Evident că nu, am șters totul cu buretele, iubițico! Numai tu dai importanță la...

Chloé se încruntă brusc, de parcă o amintire pe jumătate îngropată îi revenise în memorie.

– Acum, că ai adus vorba... Mi-ai lăsat o carte când ai plecat. Pe birou. Nu?

– Da, răspunse Juliette. Ai citit-o?

– Mai mult sau mai puțin. În fine, da.

Le aruncă o privire celorlalți pasageri, se strâmbă, apoi șușoti, ascunzându-și gura cu palma:

– Da, am citit-o. În întregime chiar.

– Și?

Juliette se temea să se arate prea nerăbdătoare, dar murea de curiozitate.

Chloé se îndreptă de spate și își scoase pieptul în față, făcând eșarfa să se înfoaie.

– Și am demisionat.

– Și tu?

– Și eu. Și știi ceva? Cartea, așa aveam impresia, era de acord cu mine. Ba mă și încuraja. Mă împingea de la spate. Ție trebuie să ți se pară normal, dar mie...

Își lăsă vocea să plutească, lungind ultima vocală, cu ochii mari, aproape îngroziți, de parcă atunci și-ar fi dat seama că fusese supusă unei manipulări mintale sau hipnotizată fără știrea ei.

– Și acum ce faci? o întrebă Juliette oarecum îngrijorată.

Cu Chloé, te puteai aștepta la orice: să-și creeze propria afacere ca să plimbe animalele de companie exotice din arondismentul XVI, specialitatea fiind șopârlele uriașe; să prezinte modele de lenjerie sado-maso, să organizeze vizite în canalizarea Parisului cu zgomotele de rigoare, să livreze cocktailuri whisky-Kiri-kiwi la orice oră și pe bicicletă...

– Învăț patiserie. Și machiaj. Și contabilitate, înșiră Chloé. *Home Staging* mi-a dat ideea, înțelegi? Și cartea de la tine.

– Ce idee?

– Să organizez nunți. Ori parteneriate civile sau ce vrei tu, uniuni druidice, de pildă, sau cununii în timpul salturilor cu parașuta, fără să lipsească preotul și tot tacâmul. Să organizez ceva pentru oameni, ca să-i fac fericiți. Dacă sunt fericiți în ziua respectivă, înțelegi, foarte, foarte fericiți, n-o să aibă chef să distrugă această fericire, așa că se vor strădui. De altfel, va trebui să-mi faci o listă...

– Cu prieteni de-ai mei care vor să se căsătorească? Las-o baltă!

– Nu, continuă Chloé cu o expresie de răbdare exasperată. O listă de cărți. O să ofer fiecărui cuplu o carte. O să fie cireașa de pe tortul de nuntă, pricepi?

Da, Juliette pricepea. Însă o altă întrebare îi stătea pe limbă:

– Chloé... Mi-e jenă, dar am uitat ce carte ți-am lăsat. Totuși, am ales-o special pentru tine... Nu mi-o lua în nume de rău... M-am ocupat mult de cărți în ultima vreme (era un eufemism, își dădea seama) și totul e cam confuz.

Fosta ei colegă o privi cu indulgența rezervată în general copiilor de trei ani și persoanelor senile.

– Înțeleg, scumpo.

Scotoci în geantă și flutură victorioasă un volumaș.

– Ta-dam! Iat-o! Nu mă mai despart de ea. E talismanul meu. Am cumpărat cinci exemplare ca să fiu sigură că am mereu una la mine.

Juliette privi coperta pe care o floare stacojie, pe fond albastru, stătea în mâna unei femei, ea însăși abia răsărind din mâneca unui pulover de lână groasă.

Ogawa Ito. *Le Restaurant de l'amour retrouvé*[1].

---

[1] „Restaurantul iubirii regăsite“ (n. tr.).

20

„Să schimb locul. Trebuie să fac efortul de a schimba locul. Și nu doar în metrou."

Aceste trei mici enunțuri nu-i mai dădeau pace lui Juliette de când o văzuse pe Chloé îndepărtându-se radioasă pe peronul stației Pasteur. De când trecuse pe lângă un cuplu de tineri căsătoriți care se fotografiau în fața unui afiș uriaș cu parfumul Chanel nr. 5. Mireasa purta o rochie galben-lămâie, din tul, și semăna cu un fluture. Ca să zboare unde? Într-un tunel. Nu era o gândire pozitivă, își reproșă Juliette. Dar nu poți fi *mereu* pozitiv. Totuși, această întâlnire îi făcuse bine. Aflase stupefiată că domnul Bernard închisese agenția. Că își împachetase cafetiera personală, ceașca prețioasă de ceai și plecase să trăiască într-o casă la marginea unei păduri, undeva în Ardèche.

În sfârșit își dăduse seama, îi mărturisise el lui Chloé, care era dorința lui cea mai profundă: să iasă dimineața din casă și să vadă o căprioară pierzându-se în ceață.

– I-ai lăsat și lui o carte, nu? o întrebase Chloé.

– Da.

– Ce carte?

Juliette și-o amintea foarte bine. *Walden sau viața în pădure* de Henry David Thoreau. Ezitase între acest volum și o culegere de nuvele de Italo Calvino. Alesese după greutate. Se gândise că domnul Bernard ar disprețui o carte prea subțire: întotdeauna susținuse că îi plac oamenii „care au consistență".

Țopăind, o apucă pe străduța unde, pe stânga, poarta mare, ruginită, forma o pată întunecată și opacă. Se simțea bine. Poate că, la urma urmei, era în stare să facă în viață ceva util, să le insufle oamenilor, prin cărțile oferite, un dram de energie, un pic de curaj sau puțină dezinvoltură. Nu, se corectă imediat singură. E vorba de hazard. Tu n-ai niciun merit, nu-ți da aere, fata mea! Ultima frază îi venise în minte automat, suna ca un refren, niște cuvinte pe care le fredonezi fără să te oprești asupra sensului lor, dar care revin întruna.

Cine îi spusese asta? Ah, da: o învățătoare din clasa a patra. De fiecare dată când reușea sau credea că a reușit ceva. Învățătoarea nu era convinsă de puterea a ceea ce se numește acum „întărire pozitivă“; nicio încurajare nu-i ieșea vreodată din gură. Dacă erai înzestrat la matematică ori la desen însemna că genetica, educația sau o configurație planetară complexă hotărâseră astfel. Hazardul. Hazardul. Nu-ți da aere, fata mea.

N-ai niciun merit.

Juliette ajunse în fața porții. Puse mâna pe clanța rece.

„Poate că am, totuși, un merit. Unul mic.“

O repetă cu voce tare. Era ca o victorie minusculă.

Apoi observă un detaliu insignifiant – cel puțin, așa ar fi trebuit să fie, dar nu era, chiar deloc – care îi înghețá sângele în vine.

Cartea care ținea poarta întredeschisă dispăruse.

„Nu e posibil. Nu e posibil.“

Juliette nu reușea să spună cuvintele cu glas tare, dar le repeta în gând iar și iar, ca pentru a ridica o barieră între ea și ceea ce tocmai aflase de la Léonidas, un Léonidas care-și pierduse zâmbetul de motan, un Léonidas palid, a cărui față semăna dintr-odată cu o brânză moale ce se scurge, se scurge până când, și asta o îngrozea, fața avea să se dezintegreze sub ochii ei, să se împrăștie și să dispară în crăpăturile din beton, lăsând în urmă doar pălăria, ce imagine oribilă și nepotrivită, mai ales acum...

N-ar fi trebuit niciodată să se sprijine de canatul porții, n-ar fi trebuit niciodată să intre în curte, nici să apese pe clanța de la ușa biroului.

Nu ca să audă *asta*.

– Când s-a întâmplat?

Își recăpătase un fir de voce. Un chițăit.

– Acum trei zile, răspunse Léonidas. Celor de la spital le-a luat ceva timp să găsească adresa, el dăduse alta, falsă, bineînțeles.

– Dar de ce falsă?

– Cred că voia doar să dispară. Probabil își închipuia că o protejează pe Zaïde. Că ne protejează pe noi. Nu vom afla niciodată.

– Când ești supus unei operații, trebuie să dai numele unei persoane de încredere, cum spun ei, obiectă Juliette.

– A dat.

Chipul i se încreți și mai mult și bărbatul își împreună mâinile în față, într-un gest mai curând de furie decât de rugăciune.

– Silvia. Cea care... Știți bine...

Nu, Juliette nu știa. Se uită la propriile mâini, așezate pe genunchi și imobile, ca moarte.

– Cea care avea mereu la ea o carte de bucate. Cea care... Circula și ea tot pe linia 6. Ca dumneavoastră. Ca mine.

– O...

– Eram îndrăgostit de ea, dar nu i-am spus niciodată. Mă mulțumeam s-o privesc. În metrou. Și nici măcar în fiecare zi. S-a întâmplat înainte de dumneavoastră, Juliette. N-ați observat nimic, sunt sigur. Și nici ea.

Nu, Juliette nu observase. N-avea chef să asculte mai mult – nu acum. El înțelese și își ceru scuze:

– Iertați-mă!

Ea rămase tăcută, încuviințând doar din cap. Soliman. Soliman murise. Se stinsese după o operație pe cord deschis, o operație riscantă pe care o amânase, îi explicase Léonidas, mult peste termenele rezonabile. Parcă ar fi vrut, adăugase el, să nu-și lase nicio șansă.

Toate astea Léonidas le aflase când se dusese la spital.

„În timp ce eu eram în metrou. În timp ce vorbeam cu Chloé. În timp ce mă simțeam fericită și un pic mândră de mine, măcar o dată."

– Și Zaïde? întrebă ea. Zaïde unde este?

– Încă la școală. Știți, e devreme.

Nu, Juliette nu știa. Stătea aici dintotdeauna, cu lucrul acesta care îi creștea în pântece, creștea, creștea, și care nu era nicio viață, nicio promisiune. O moarte, un mort mai degrabă, un mort de dată recentă, pe care trebuia să-l adăpostească, să-l legene și să-l consoleze, să-l conducă...

Cuvântul o izbi și își reveni numaidecât. Îi promisese o călătorie lui Zaïde – întrucât pariul lor nu era tocmai un pariu – și își va ține promisiunea. Dar după aceea, n-ar fi obligată să...? Nici nu-și găsea cuvintele pentru a descrie imaginea deprimantă care îi apăru și nici nu-și dorea să le găsească, cel puțin nu imediat.

Léonidas își drege glasul și se apropie de ea.

– Zaïde este fericită aici, șopti el. Dar n-o să ne-o lase.

Cu sau fără pipă, omul era un vrăjitor. De când îl cunoștea, Juliette se gândise adesea că el vedea prin coperte; fără îndoială un chip nu-i putea opune mai multă rezistență.

– Știu. Și totuși, nu pot suporta ideea de a...

Nu, ea nu putea să rostească fraza până la capăt. Din nou, el înțelese.

– Eu nici atât. Însă micuța are o mamă, deși Soliman nu v-a pomenit niciodată de ea.

– Credeam că... e moartă.

El puse cu stângăcie mâna peste mâna tinerei femei. Ea se încordă, apoi se lăsă în voia căldurii reconfortante pe care degetele lui grăsuțe o răspândeau.

– Știu unde locuiește ea, îi spuse. Soliman mi-a spus. În ziua când l-am făcut să descopere că băuturile alcoolice grecești sunt la fel de bune ca infuziile lui de plante. Era beat turtă și am avut remușcări atunci.

Lăsă capul în jos, cu obrajii tremurându-i, și zise în încheiere:

– Acum nu mai am.

21

Mâna lui Zaïde nu avea nimic în comun cu a lui Léonidas: era mică, atât de mică, încât Juliette se temea tot timpul să n-o scape. În picioare, pe peronul de la RER C[1], se lupta cu vântul care, la intervale regulate, ridica hârtii boțite, aruncate sub scaunele de plastic, le rostogolea într-un vârtej leneș, apoi le abandona puțin mai departe. Călătorii care foloseau această linie, observă ea, trebuie să fi mers mereu încovoiați, pentru a rezista presiunii intermitente, cu fruntea plecată în fața rafalelor, cu umerii ridicați și cu ambele mâini ținând strâns umbrela când ploua.

Dourdan-la-Forêt. Numele ultimei stații. Mai trebuia doar să nu greșească, să nu se urce în trenul care se îndrepta spre

---

[1] Linie a rețelei expres regionale Île-de-France (n. tr.).

Marolles-en-Hurepoix – în fața hărții liniei, Zaïde repetase de mai multe ori acest nume de parcă îi aluneca pe limbă, lăsându-i o urmă sărată, plăcută – și Saint-Martin d'Étampes.

– E călătoria mea, e călătoria mea! repeta ritmat fetița.

Născocise un șotron cu reguli obscure, care îi cereau să țopăie de-o parte și de alta a liniei ce nu trebuia depășită și pe care evident că o depășea, o dată la două sărituri. Juliette, un pic nervoasă, o trase înapoi. Zaïde se opri și o privi țintă cu nemulțumire.

– Ești ca tata. Ți-e teamă de orice.

Palma lui Juliette deveni umedă. Pentru a suta oară poate, se întrebă dacă ea și Léonidas făcuseră bine ascunzându-i adevărul fiicei lui Soliman. În realitate, să nu-i vorbească despre moartea lui nu fusese o decizie cumpănită, rațională, nici măcar efectul compasiunii pe care o resimțeau – sau al durerii lor: se poticniseră împreună înaintea obstacolului.

Da, se poticniseră. Nemaivăzând decât zidul din fața lor, ce trebuia survolat – imposibil – sau doborât, orbește, fără a ști ce plante abia răsărite printre pietre aveau să moară, cu rădăcinile dezgolite, expuse, uscându-se sau putrezind. Zaïde era o mică ființă încăpățânată, cu replici prompte, uneori tăioase; Léonidas o credea rezistentă, cu picioarele pe pământ, de multă vreme obișnuită cu ciudățenia tatălui ei, pe care când îl mustra, când îl alinta.

– Exact, răspunsese Juliette.

Alte explicații nu dăduse. Își închipuia că toată tabăra psihologilor considerând adevărul singura alternativă la nevroză i-ar fi demontat intuiția în două secunde.

Însă această intuiție era suficient de insistentă, încât Juliettte să ia hotărârea de a se încrede în ea măcar o dată. Provizoriu.

Contrar a ceea ce crezuse Juliette, Zaïde primea regulat scrisori de la mama ei. Fetița îi arătase pagini cu desene colorate, magnifice, având explicații scrise cu litere mărunte de tipar de jur împrejur. „Aici, casa". „O pasăre pe ramurile rodiului, chiar în fața ușii de la bucătărie". „Ți-ar fi plăcut această plimbare, o vom face împreună cândva". „Am întâlnit acest măgăruș la marginea câmpului, am stat de vorbă mult amândoi, asta nu te miră, sunt sigură".

Firouzeh semna cu un F foarte împodobit, înconjurat de volute ce păreau să plutească pe hârtie.

– Firouzeh înseamnă „turcoaz", îi explicase Zaïde. Mama locuiește foarte departe... într-un oraș numir Shiraz.

O târâse în camera ei, scosese un atlas greu, mult prea greu pentru ea, din vraful de cărți care îi sprijinea patul în partea dinspre ușă și, după ce întorsese sârguincioasă mai multe pagini, pusese degetul pe un punct însemnat de ea cu un cerc albastru-aprins, trasat cu markerul.

Juliette se abținuse cu mare greutate să rostească întrebările care-i stăteau pe limbă. De ce mama lui Zaïde îi scria în franceză? De ce Soliman părăsise Iranul împreună cu fiica lui și de cât timp? Ce se întâmplase? Și de ce Firouzeh, soția lui, se întorsese în Franța cu câteva luni în urmă, dar nu venise să-i vadă? Léonidas nu-i putuse oferi nici cel mai vag răspuns. De câteva zile era apatic, aproape că refuza să vorbească. Venea dimineața, se așeza lângă biroul lui Soliman și se adâncea în contemplarea fotografiei lui Sylvie – femeia de pe linia 6, cea care citea rețete culinare și care, într-o bună zi, alesese să ingurgiteze moartea, s-o înghită dintr-odată, să se lase cucerită de ea ca de surpriza unei savori necunoscute.

Strânse mai tare mâna lui Zaïde. O trecu un fior fără nicio legătură cu vântul ce nu înceta să bată. Se temea. Bineînțeles, Léonidas îi scrisese mamei fetiței – avea doar o adresă poștală. Bineînțeles, Firouzeh răspunsese, tot printr-o scrisoare, un simplu „veniți“ mâzgălit pe o hartă strecurată în pliul unei foi acoperite cu crochiuri, la care Juliette se uită îndelung înainte de a i le arăta lui Zaïde. O căsuță cu fațada umbrită de ramurile revărsate ale unui arbore ce părea imens, un stejar sau un tei, probabil; o fereastră cu pervazul plin de ghivece cu flori portocalii și roșii; o barieră vopsită nu în alb, ci în verde, dincolo de care se zărea, pe fondul estompat al unui frunziș deja atins de toamnă, silueta unei căprioare.

Fetița mângâiase desenele pe rând. Nu părea nici măcar surprinsă...

– Vine! Vine! strigă Zaïde.

Rucsacul îi sălta, codițele păreau să-și ia zborul și chipul încântat al acesteia se întoarse spre capătul peronului. Oare suferise din cauza izolării decise de Soliman, din cauza unei vieți limitate, deși protectoare, care o purta în fiecare zi de la depozit la școală? Juliette alesese oarecum rutina; lui Zaïde îi fusese impusă. Însă astăzi, și una, și cealaltă simțeau fiorul aventurii.

Dourdan-la-Forêt... Da, era o aventură. Cea mai mică abatere, dacă acceptai, putea fi o aventură.

22

Găsiră casa cu oarecare dificultate. Se afla la doi kilometri de gară, în direcția pădurii, acea pădure pe care mama lui Zaïde o redase pe paginile trimise fiicei sale în pete de acuarelă suprapuse – ocru-galben și verde-pal. Aerul mirosea a fum. O căsuță pentru păsărele, vopsită în albastru-aprins, servea drept cutie de scrisori; piciorul ei era înfipt un pic strâmb lângă un cireș tânăr, în chip de proptea.

– Aici e? întrebă Zaïde cu seriozitate.

– Cred că da, răspunse Juliette.

Brusc, cuvintele căpătau greutate, aveau densitatea bilelor de fier gravate cu spirale pe care bărbații le aruncau dincolo de zidul depozitului, pe un pătrat de nisip bine delimitat, în curtea unui imobil. Zaïde trebuie să fi ascultat ani în șir zgomotul făcut de ele când se loveau și exclamațiile de indignare sau de bucurie ale jucătorilor. Şi Juliette nu se putu abţine să nu-şi coboare ochii spre gura fetiţei, imaginându-şi că pe acolo aveau să iasă, ca în unele basme, obiecte dintre cele mai fabuloase.

Însă nu se întâmplă nimic. La baza căsuţei pentru păsări, pământul părea bătătorit; urme de paşi se vedeau aproape peste tot, venind dinspre casă, pornind iar într-acolo. Urme deloc adânci, dar clar conturate, Firouzeh are picioare de dansatoare, remarcă Juliette, sigur e măruntică şi uşoară, pe scurt, o Zaïde adultă.

Se luară după urme, mergând în continuare de mână, până la uşa recent vopsită în aceeaşi culoare cu a căsuţei pentru păsări. Juliette ridică braţul şi ciocăni. Imediat uşa se roti în balamale: fuseseră pândite de la una dintre ferestrele joase ce se deschideau de-o parte şi de alta a intrării? Probabil. Însă femeia ce se ivi în prag nu semăna nici pe departe cu cea pe care şi-o imaginase Juliette: roşcată, cu rotunjimi generoase, era înfăşurată într-un uriaş poncho cu franjuri şi purta pe nasul cârn ochelari mici, rotunzi, cu ramă de metal. Ignorând-o pe Juliette, se ghemui în faţa fiicei sale şi întinse spre ea mâinile cu palmele desfăcute; copilul rămase o clipă nemişcat şi grav, apoi se aplecă şi, doar o clipă, puse fruntea peste degetele alăturate. Poate ea îi şopti un cuvânt pe care Juliette îl ghici, fără să-l audă cu adevărat.

Mort.

Un camion trecu pe șosea și geamurile ferestrei vibrară. Un sunet cristalin, ușor, și brusc Juliette îl văzu iar pe Soliman agitându-se deasupra cafetierei meșterite de el, ciocnind ceștile, în vreme ce aroma puternică a cafelei se răspândea printre cărți.

– او خوشحال کن, murmură Firouzeh.

Juliette nu înțelese, evident, dacă aceste cuvinte îi erau adresate ei, ori poate lui Zaïde și ei, așa cum nu știu nici că plângea până nu-și simți lacrimile prelingându-i-se pe gât și udându-i eșarfa albastră, preferata ei.

Băuseră ceai, aprinseseră focul și se așezaseră pe pernele împrăștiate în jurul pietrei căminului. Firouzeh avea o apărătoare de muște cu care îndepărta scânteile ce țâșneau din butucii aflați în cămin. De fiecare dată, Zaïde aplauda. Juliette lăsa mierea să se scurgă pe mânerul linguriței, privea aurul lichid căpătând reflexe stacojii și verzi, după cum flăcările săltau sau se domoleau peste lemnele despicate.

Iar.

Și iar.

– N-am vrut să-mi părăsesc țara, zise pe neașteptate Firouzeh. Mama și tata erau acolo, îmbătrâneau. În plus, lor nu le-a plăcut niciodată Soliman. Pentru ei, era un om de hârtie, înțelegeți? Nu exista cu adevărat. Nu știi ce are în cap, spunea tata. Eu știam, mă rog, îmi închipuiam că știu. Dragoste pentru mine, pentru fiica noastră, pentru munți – locuiam la poalele munților –, pentru poezie. De-ajuns ca să umpli o viață, nu credeți?

Nu aștepta un răspuns. Vorbea în șoaptă, în timp ce ațâța focul.

– În sfârșit, eu așa credeam pentru că îmi convenea. Pentru mine, poezia... e ceva prea complicat, un drum întortocheat, care uneori nu duce nicăieri. Prefer imaginile, culorile. Poate că, în fond, e același lucru. Discutam întruna despre asta cu Soliman, mă obosea. Îi spuneam că viața nu e o migdală, n-o să găsești ce-i mai bun înlăturând coaja, apoi pielița. Însă el se înverșuna. Așa era el. Ieșea din ce în ce mai rar, rămânea închis toată ziua în aceeași cameră, cea cu fereastra spre grădina de migdali. Aceleași lucruri, repeta el, privite adesea, observate perseverent, ne pot oferi cheia a ceea ce suntem. Eu nu știam ce căuta, ce voia...

Firouzeh ridică ochii. Avea privirea fixă, întunecată.

– Eu nu l-am înțeles niciodată. El nu m-a înțeles niciodată. Așa se întâmplă, presupun, în majoritatea cuplurilor. Te destăinui cu pasiune, crezi că știi tot, că înțelegi tot, că accepți tot, apoi apare prima fisură, prima lovitură, nu neapărat dată cu răutate, nu, dar dată, și totul se face țăndări... și te pomești gol și singur lângă un străin de asemenea gol și singur. E insuportabil.

– El n-a suportat, zise cu glas scăzut Juliette.

– Nu.

– A plecat.

– Da. Cu Zaïde. Eu am vrut așa. Era mai apropiată de el decât de mine. Știam că totul va fi mai ușor pentru ea aici. Și poate și pentru el.

– De ce ați plecat până la urmă?

– Părinții mei au murit. Nu mai aveam pe nimeni acolo. Când am sosit, nu mă gândeam decât la un lucru: să-mi revăd fiica. A trebuit... și apoi...

Pleoapele ei grele coborâră.

– Nu eram întreagă. Exilul este... nu știu cum să explic altfel. Nu *mai* eram întreagă și nu voiam să îi impun asta lui Zaïde. Vidul, angoasa, acest „nimic" pe care nu reușeam să-l micșorez. Prin urmare, am așteptat. Ne-am vândut pământurile, nu eram strâmtorați. Acolo aveam o meserie. Eram profesoară, profesoară de franceză... Aici am început să ilustrez albume pentru tineri. Ajută. Banii l-au ajutat și pe Soliman inițial.

– Chiar dacă a reînceput să facă turul unei singure încăperi...

– Spunea că o singură încăpere poate cuprinde o lume întreagă.

– Cărțile, murmură Juliette. Cărțile. Firește.

Și, la rândul ei, se apucă de povestit.

23

Juliette se afla acolo de trei zile, în căscioara de la marginea pădurii, așteptând – nici ea însăși nu știa ce anume. Știa doar că așteptarea aceasta era un ținut rece și liniștit, incredibil de luminos, vast, pustiu, că se adâncea în el fără împotrivire, cu ușurare chiar.

Plânsese mult la început. Ca un copil la prima durere, ca o adolescentă la prima despărțire. Imaginea unei cești de cafea o făcea să izbucnească în lacrimi, un pulover vechi, negru, aruncat pe spătarul unui scaun îi smulgea hohote de plâns. Vedea imediat haina întinsă, mișcându-se, acoperind o siluetă familiară, deșirată, cu gesturi stângace – cu toate că obiectul respectiv de îmbrăcăminte era măsura XS și, în mânecile scurtate de atâta spălat, Soliman nu și-ar fi putut strecura brațele lungi.

Firouzeh, impasibilă, o urmărea cu privirea și nu încerca s-o consoleze altfel decât aducându-i ceașcă după ceașcă de ceai.

– Ați putea fi englezoaică, nu? o întrebă Juliette între două icnete, în timp ce își ștergea ochii cu colțul șalului pe care Zaïde, grijulie, i-l pusese pe umeri. Englezii cred că ceaiul este un fel de soluție pentru orice. În romanele Agathei Christie...

– Nu le-am citit, o întrerupse Firouzah veselă. V-am spus, prefer imaginile. Culorile. Gesturile. Ceea ce mângâie hârtia, pielea...

Puse ceașca pe polița șemineului. Mâna îi tremura puțin.

– Pielea lui... Pielea lui Soliman... Era mată, dar nu peste tot la fel, cu adâncituri umbrite, cu porțiuni palide... finețea... și forma coapselor lui... ar trebui să vă arăt... să desenez...

– Nu, șopti Juliette, pironindu-și ochii pe vârful încălțărilor.

Firouzeh întinse mâna spre ea.

– Juliette... El și dumneavoastră... Nu erați...?

– Nu.

– Dar plângeți.

– Da. Nu-i normal, asta vreți să spuneți? se repezi ea, dintr-odată agresivă. Iar Zaïde nu plânge. Asta-i normal?

Degetele lui Firouzeh se așezară peste ale lui Juliette, care avu impresia că o pasăre din pădure o alesese ca loc de odihnă și, bizar, se simți îmbărbătată.

– Normal. Niciodată n-am înțeles sensul acestui cuvânt. Dar dumneavoastră?

Și, cum răspunsul se lăsa așteptat, mângâie părul fiicei sale care se ghemuise lângă ea și începu să cânte cu gura închisă. O melodie surprinzătoare, uneori atât de gravă, încât aproape că nu se mai auzea – doar vibrația gâtului dovedind că sunetul sălășluia în trupul cântăreței –, uneori stridentă, subțire, încordată precum cântecul unui copil. Zaïde ținea ochii închiși și își strecurase degetul mare între buze.

Juliette lăsă o ultimă lacrimă să i se usuce pe obraz și se uită la ea. Privi cum anii se șterg de pe chipul totuși atât de tânăr, privi cum fetița redevine aidoma nou-născutului care dormise pe pântecele mamei în ziua când venise pe lume.

– Nu știu dacă e normal, zise ea într-un târziu. Pe scurt, mă simt pustiită. Viața mea era umplută cu lucruri mărunte. Nu-mi plăceau, mă rog, nu cu adevărat, dar se aflau acolo, îmi erau suficiente. Apoi i-am cunoscut pe ei doi...

Închise ochii o clipă.

– Ar trebui să spun pe ei patru. Soliman, Zaïde, bărbatul cu pălărie verde și femeia care... a murit și ea. Fiecare dintre ei mi-a dăruit ceva și, în același timp, mi-au luat totul. Nu mi-a mai rămas nimic, înțelegeți? Sunt ca o cochilie. Simt cum trece aerul prin mine. Mi-e frig.

– Aveți noroc, zise domol Firouzeh. Eu sunt plină de acest copil pe care îl regăsesc. De absența lui. De prezența lui. De moartea care ne-a reunit. E sfârșitul călătoriei mele... deocamdată. Dar să nu vă închipuiți că regret.

Se desprinse blând din brațele micuțe care o înlănțuiau, se duse la fereastră și o deschise larg. O pală de vânt năvăli în cameră și o jerbă de flăcări țâșni și se albăstri deasupra jarului.

– Vântul, rosti ea, vântul... Ieșiți din casă, Juliette, duceți-vă să respirați! Duceți-vă să ascultați! Ați stat prea mult închisă între cărți. La fel ca el. Cărțile și oamenii au nevoie să călătorească.

Zaïde nu se trezise. Doar se mișcă puțin, ca un pisoi care se întinde în sălașul unui vis și toarce sub mângâierea unei fantome mult iubite.

Avea, totuși, o carte în buzunar. Îi simțea forma lipită de ea, în timp ce dădea roată casei cu pași mici.

„Stârnesc milă. Parcă sunt o bătrânică."

Îi făcea bine să râdă de ea însăși. La fel, și să pipăie coperta flexibilă prin țesătura hainei. Era o carte de

Maya Angelou, *Lettre à ma fille*[1], pe care o luase în ultimul moment înainte de plecare. Fiindcă se afla deasupra unui teanc, la îndemână. Fiindcă nu era prea groasă, iar cele două rucsacuri atârnau greu. (Nu obișnuia să-și aleagă lecturile după mărime, era o premieră. Dar nu neapărat și o idee proastă, își zisese ea, doar o altă modalitate de a clasa cărțile la care nu se gândise: cărți groase, de citit în fața focului sau în concedii lungi în care trândăvești, cărți de picnic, culegeri de povestiri pentru drumuri scurte și dese, antologii pentru a studia o temă în fiecare pauză, când telefonul nu sună, când colegii sunt plecați la masă, când stai la tejgheaua unei cafenele și bei un espresso dublu, cu un pahar de apă alături, ca să-ți ajungă până termini textul).

Cât ținuse călătoria, doar o răsfoise; Zaïde îi tot arăta fel de fel de minunății zărite de-a lungul drumului – cupola dungată cu alb și roșu a unui cort de circ, un bazin lunguieț, în care înotau rațe, un foc de frunze într-o grădină, din care fumul se înălța în spirală spre cer. Și toate șoselele, toate mașinile care mergeau undeva, ca și ele două.

– Oamenii se mișcă, e o nebunie, declarase ea. Tot timpul.

---

[1] *„Scrisoare către fiica mea“* (n. tr.).

În clipa aceea, degetul lui Juliette pătrunsese între două pagini și ea citise:

Eu
Sunt o femeie neagră
Înaltă ca un chiparos
Puternică mai presus de orice închipuire
Sfidând spațiul
Și timpul
Și situațiile
Atacată
Insensibilă
Indestructibilă

N-a putut să continue. Seara, pe canapeaua din salonul unde Firouzeh îngrămădise perne și o pilotă groasă, luase iar volumul. Nu era un poem al autorului cărții; îi aparținea lui Mari Evans – Mari Evans, al cărei nume îl introdusese imediat într-un motor de căutare pentru a afla – mijind ochii și mărind pagina afișată pe smartphone-ul ei – că se născuse în 1923, în Ohio, și că poemul respectiv, *I Am a Black Woman*, devenise un fel de manifest pentru multe afro-americane, inclusiv Maya Angelou. Că ea însăși militase toată viața pentru drepturile femeilor de culoare. Michelle Obama spusese că, în ceea ce-o privește, puterea cuvintelor Mayei Angelou condusese o fetiță de culoare din cartierele sărace ale orașului Chicago până la Casa Albă.

În cartea sa, autorul cita acest poem drept un exemplu de înflăcărare născută din umilință.

Iar ultimele versuri erau:

Privește spre mine
Și renaște.

24

„Nu sunt neagră. Nu sunt înaltă ca un chiparos. Nu sunt puternică. Nu sunt insensibilă. Totuși, și eu trebuie să înfrunt anumite lucruri. Deci să privesc și să renasc... da, ar fi bine. Dar ce să privesc? Și unde?"

Cu capul ridicat, Juliette se roti de jur împrejur. Purta o parka bej prea largă, împrumutată de la Firouzeh, și se simțea un pic ridicol, ca o fetiță care a scotocit prin șifonierul mamei. Eșarfa albastră, înfășurată de două ori la gât, îi ajungea la nas; inspira aerul tare prin ochiurile modelate unul câte unul de degetele bunicii ei. Dintr-odată, văzu foarte clar aceste degete: ușor noduroase, cu pielea acoperită de pete numite cândva „flori de cimitir", ce imagine oribilă. Degetele bunicii – și ale Silviei, femeia din metrou, cea care hotărâse să părăsească o viață în care, poate, nu mai exista nimeni pentru care să tricoteze eşarfe sau, pur şi simplu, să se străduiască să-i facă viaţa puţin mai veselă – încetaseră de-acum orice mişcare, iar această mişcare lipsea, simţea Juliette, această imobilitate altera ritmul lumii, trebuia găsit ceva, şi încă repede, pentru a-i da iar avânt.

„Tâmpită."

O luă cu ameţeală şi, în plus, tocmai formulase o neghiobie pretenţioasă, păi cine se credea ea? Era nefericită ori, mai bine zis, abătută, asta fusese înainte de moartea lui Soliman, nu-şi găsea locul, ei, şi? Locul ei era acolo unde viaţa o aşezase, nu, unde ea singură alesese să se ascundă, la nivelul trotuarului, fiindcă de părăluţe nu putea fi vorba în cazul ei[1]. Şi uite-o acum!

Uite-o...

Deprimantă, dar asta era realitatea.

Merse mai departe, oarecum la întâmplare, dând la o parte ramurile negre şi umede ale unei sălcii mari, care coborau până la pământ şi îi barau calea. Cioburi de ghivece de flori i se rostogoleau sub tălpi printre grămezile de iarbă cosită care putreziseră şi grădiniţa de legume pe care Firouzeh începuse s-o traseze cu sfori întinse pe ţăruşi. Deja se vedeau o brazdă de ridichi într-un colţ şi nişte salată de iarnă.

[1] Joc de cuvinte pornind de la expresia *au ras des pâquerettes*, „la nivelul părăluţelor", adică de nivel foarte jos, simplu, elementar (n. tr.).

Pământul proaspăt săpat părea bogat și negru, cu siguranță călduț, dacă și-ar fi afundat degetele în el.

La câțiva metri, dincolo de plasa de sârmă ruginită ce servea drept gard pentru grădină, era un soi de baracă făcută din scânduri devenite cenușii cu timpul. Acoperișul se surpase și lăsa să se vadă, printre bârnele despărțite, crăpate pe alocuri, o pată de un galben strălucitor. La fel de galbenă ca gușa unui colibri. Ca bulgării de mimoză pufoși, cu parfum năucitor, pe care îi cumpăra cu ani în urmă pentru mama ei care visa în fiecare iarnă la Nisa și la Coasta de Azur, fără să-și dorească, totuși, să se miște din cartierul ei de case.

Puse mâna pe sârmă, măn deschizătura din gard și se strecură pe acolo, rugându-se ca parka lui Firouzeh să nu se agațe în vreun capăt ascuțit. Ajunsă de cealaltă parte, sări peste un mic șanț cu apă stătută, apoi făcu slalom printre tufele de urzici și de tulpini portocalii, sfărâmicioase, despre care se îndoia că purtaseră vreodată o floare cât de mică. Această porțiune de teren părea abandonată de ceva vreme și trebuie să fi servit drept loc pentru aruncarea gunoaielor: picioarele unei mese de călcat se ridicau în mijlocul unui morman de bidoane de plastic, pline cu un lichid negricios, maldăre de pânză putrezită acopereau un taburet șchiop și, ca să pună capac la toate, mai existau un fier de călcat îndesat într-un cazan vechi de rufe și o pălărie – da, o pălărie pentru petreceri, roșie cu paiete, care părea nouă.

Ușa barăcii era înțepenită cu mai multe panouri de tablă ondulată, dar pe o latură, o bucată întreagă de perete era aproape prăbușită. O prelată verzuie acoperea vehiculul aflat înăuntru, pus pe butuci – ca în vremea războiului, când nu se mai găsea benzină. Dar pe atunci nu existau mașini galbene, nu? Ba da, evident. (Lumea nu era alb-negru, în ciuda a ceea ce crezuse ea când văzuse prima dată *La Traversée de Paris*[1]. În apărarea ei, trebuie precizat că avea șase ani).

Apucă un colț al prelatei și trase. Câteva cărămizi puse pe acoperișul vehiculului o luară la vale. Făcu un pas într-o parte, să se ferească, după care trase din nou, cu toată puterea. Sudoarea i se prelingea pe gât, pe spate. De unde îi venea această bruscă încrâncenare? Juliette nu știa nici măcar dacă terenul îi aparținea lui Firouzeh ori dacă îl închiria – proprietarul de drept putea să iasă din pădure în orice clipă, cu o carabină de vânătoare încărcată și...

Prelata se rupse și căzu la loc alene. Pe partea ei interioară, mușchii trasau hărți ale unor continente incerte.

[1] Film franco-italian, alb-negru, realizat de Claude Autant-Lara în 1956 (n. tr.).

Animăluțe fugiră care-ncotro în foșnet de frunze uscate – șoareci-de-pădure, poate. Ori pisici. Deranja un mic spațiu locuit, cu obiceiuri bine stabilite, cuibul construit cu grijă între osii adăpostind, poate, niște creaturi oarbe și roz – nu, nu era sezonul. Era sigură? Nu prea. Nu poți fi sigur de nimic la țară, când ți-ai petrecut atâta timp pe linia 6 a metroului parizian. Avea tendința să-și imagineze viața animalelor din vizuini exact ca un om care a dobândit astfel de cunoștințe vizionând *Alice în Țara Minunilor*, versiunea Disney.

Trase iar, aruncând jos alte cărămizi și, în sfârșit, el apăru în fața ei, la fel de inofensiv și de ispititor ca o jucărie mare, însă mult mai murdară.

Un microbuz.

Galben.

– Este al dumneavoastră?

Juliette tocmai dăduse buzna, cu răsuflarea tăiată, în atelierul unde Firouzeh construia un totem împreună cu Zaïde. Puseseră una peste alta mai multe bucăți de lemn, butuci despicați pe lung, cu miez moale și roz și lăsau să se scurgă pe suprafața lor firișoare de vopsea de diferite culori.

– După aceea, îi explică Zaïde, o să-i facem ochi din plastilină. Și sprâncene. Și o gură, ca să poată să pălăvrăgească.

Repetă de două-trei ori ultimul cuvânt, cerşind admirația lui Juliette.

– Să pălăvrăgească. E un cuvânt frumos. Îl știai?

Tânăra făcu semn din cap că nu.

– Ești foarte cultă.

Zaïde afișă o expresie plină de modestie și întoarse butucul pe care îl ținea în mâinile pătate. Un șiroi rubiniu se întinse peste fibre.

– Lemnul sângerează, fredonă ea, o să moară.

Firouzeh o bătu pe umăr.

– Arborele a murit când a fost tăiat. Dar bucata asta va rămâne vie.

– De ce?

– Datorită palavrelor și dorințelor. Vezi tu, după ce vom asambla cei doi butuci, va rămâne o scobitură aici, unde se îmbină. Când vei avea o supărare sau o dorință, vei putea s-o scrii pe un petic de hârtie și s-o strecori înăuntru. Bunicul m-a învățat.

– Și ce se întâmpă pe urmă?

Firouzeh ridică ochii și întâlni privirea lui Juliette.

– Lemnul mănâncă tot. Necazuri, speranțe, tot. Le păstrează în siguranță. Ne lasă mâinile libere ca să scăpăm de ele sau să le realizăm. Depinde ce îi dai în grijă.

– Așadar, începu Juliette brutal, este al dumneavoastră?

Tânăra femeie nu se arătă surprinsă; își luă doar un răgaz, cât să astupe cutiile cu vopsea puse pe raft, înainte de a se întoarce spre fereastră. Dincolo de geamurile murdare, se zăreau culorile moarte ale pământului nelucrat, baraca și silueta diformă, abia conturată prin ceață.

– Da. În fine, nu, răspunse ea. Este al dumneavoastră. Dacă îl vreți.

25

– Chiar vreți să faceți asta.

Nu era o întrebare. Léonidas, stând în fotoliul lui Soliman și înconjurat ca întotdeauna de un nor de fum, voia doar să se asigure că înțelesese bine discursul precipitat, sacadat, pe care Juliette îl turuise.

– E o idee bună, nu? Niciodată n-am reușit ce pretindea Soliman: să urmăresc pe cineva, să mă apropii suficient și să-l studiez ca să știu de ce carte ar avea nevoie, ce carte i-ar reda speranța sau energia ori furia care-i lipsesc. În felul ăsta, voi avea o mulțime de cărți în microbuz și voi merge la oamenii din sate, îmi voi face timp să-i cunosc măcar puțin. O să fie mai ușor. Să le dau un sfat, la asta ma refer. Să găsesc cartea potrivită. Pentru ei.

Bărbatul cu pălăria cea verde – care se odihnea ca de obicei pe creștetul său – își scoase pipa din gură și îi privi gânditor căușul.

– E atât de important pentru dumneavoastră ce voia Soliman? Nu v-ați gândit niciodată că era pur și simplu nebun – și noi odată cu el? Vedeți în noi... așa... un soi de doctori de suflete sau niște reprezentanți medicali care hoinăresc cu trusa de medicamente după ei?

– Ei bine...

Cum să-i spună că da, ceva de genul ăsta? Că sfârșise prin a crede, nu, prin a dobândi certitudinea că între copertele cărților se ascundeau deopotrivă toate bolile și remediile? Că întâlneai acolo trădarea, singurătatea, crima, nebunia, furia, tot ce putea să te înhațe de gât și să-ți strice existența, fără a mai pomeni de a altora, și că uneori să plângă deasupra paginilor tipărite putea salva viața cuiva? Că a-ți găsi sufletul pereche într-un roman african sau într-o poveste coreeană te ajuta să înțelegi în ce măsură oamenii sufereau din cauza acelorași rele, în ce măsură se asemănau, și că era posibil să-și vorbească unii altora – să-și zâmbească, să se mângâie, să schimbe semne de recunoaștere, oricare ar fi acestea – pentru a încerca să-și facă mai puțin rău, fără a se sinchisi de ziua de mâine? Însă Juliette se temea să nu vadă pe chipul lui Léonidas o expresie condescendentă fiindcă, da, toate astea erau psihologie de doi bani.

Și totuși, ea credea în ele.

Așa că așteptă la colțul străzii mașina de depanare care venea de la Dourdan-la-Forêt, plăti fără comentarii suma exorbitantă cerută de șofer, asistă la descărcarea microbuzului – care, pentru moment, arăta a epavă și nu mai aducea nici pe departe cu micul bulgăre de soare pe care i se păruse că-l vede strălucind acolo, sub acoperișul prăbușit, în magia înșelătoare a ceții.

Se adresă celui mai apropiat service – nici vorbă de astă dată să se ruineze cu cheltuieli de transport –, stabili un deviz, făcu încă o grimasă, se urcă în pod să caute ultimele cutii cu vopsea galbenă, cumpără detergent și se apucă de treabă.

Léonidas scosese un scaun de grădină în fața ușii cu geamuri a biroului și o privea lucrând. Când și când îi aducea un croasant cu migdale și un nes – renunțaseră definitiv să pună în funcțiune mașina lui Soliman –, dădea din cap cu un aer grav și se ducea să se așeze iar pe scaun. Cărăușii nu mai veneau, zvonurile circulaseră cu siguranță, ele mergeau chiar mai repede decât cărțile, cu vorbele lor lipsite de greutatea paginii tipărite, vorbe predispuse poate la metamorfoze, de altfel, se întreba Juliette frecând capota plină de mucezeală, istoria lumii așa cum o cunoștea ea, era altceva decât un zvon imens pe care unii avuseseră grijă să-l aștearnă pe hârtie și care continua să se modifice iar și iar, până la sfârșit?

Cert e că rămăseseră singuri.

Cu fantomele lor.

Și cu microbuzul care se descotorosea de pieile moarte ca un șarpe agățat de un arbust. Care începea din nou să sclipească. Care părea să ocupe din ce în ce mai mult spațiu în curticica lor.

– Ce mare e, mormăi Léonidas cu oarecare admirație, totuși, n-o să mai încapă pe poartă. Acum ce facem?

Juliette stătea în picioare lângă el, mândră de opera ei, luptându-se să-și scoată mănușile de cauciuc. Caroseria era toată galbenă, dar în nuanțe diferite, întrucât trebuise să mai cumpere vopsea și moda lui „galben-păpădie" cedase locul de mult lui „galben-canar" și lui „galben-grepefruit". Se mai vedea un pic și din culoarea originară, pe capotă, acolo unde caroseria fusese mai bine protejată. Îi părea rău că Zaïde nu era acolo să picteze flori pe portiere, cum făcuse în camera unde Soliman îi propusese să locuiască în urmă cu câteva săptămâni. Dar Zaïde nu se va întoarce la depozit. Nu curând. Însă Léonidas avea să-și trăiască acolo viața de pensionar, preciza el cu umor, lipsindu-se cu ușurință de plata unei chirii. Voia să refacă rețeaua de cărăuși, să continue în mare și de asemenea să...

– Vapoarele au nevoie de un port de ataș, spuse el uitându-se la microbuzul revopsit. Și ăsta e un vapor. Nu un velier de curse, evident, nu-i deloc zvelt, ba e chiar dolofan.

Zici că-i o jucărie. Mă duce cu gândul la un cântec al formației Beatles, îl cunoașteți? *The Yellow Submarine*. Ar trebui să-l numim așa, dacă nu vedeți un neajuns în asta, desigur.

Juliette începu să râdă.

– Știți de Beatles?

– Firește. Chiar dacă sunt centenar, știu. Mai degrabă dumneavoastră nu aparțineți epocii în care v-ați născut, nu eu. Și e foarte bine. N-o să vă spun să rămâneți așa cum sunteți, fiindcă e împotriva a ceea ce vă doriți. Dar păstrați această părticică de... Hotărât lucru, îmbătrânesc, îmi pierd cuvintele. Nu reușesc să-l găsesc pe cel mai potrivit.

– Nici eu, șopti femeia.

El zâmbi – un zâmbet puțin trist, dar plin de bunătate.

– Cu atât mai bine, în definitiv.

26

Juliette plecă într-o dimineață ploioasă, nu prevăzuse și nici nu-și imaginase că microbuzul galben – Y.S., cum îl numea acum, ca să fie mai scurt – o să pară tern între zidurile șiroinde, sub norii de un cenușiu deprimant care mai că atingeau acoperișurile. Petrecuse aproape o săptămână alegând cărțile pe care urma să le înghesuie, bine legate, pe rafturile fixate în pereții de tablă.

– O să mă întorc din când în când ca să refac stocul, spusese Juliette.

Râsese, la fel și Léonidas, care adăugase:

– Oamenii o să vă aducă altele acolo unde o să vă opriți. Cele pe care nu le vor, probabil.

– Sau, dimpotrivă, cele pe care le iubesc cel mai mult... Nu fiți atât de pesimist! Nu-i mai bine să dai o carte care-ți place?

Indulgent, Léonidas încuviințase din cap.

– Negreșit. Dar cred că vă faceți multe iluzii, Juliette.

Ea tăcu câteva clipe, dusă pe gânduri, poate întristată, apoi conchise:

– Aveți dreptate. Dar prefer să rămân așa, mai naivă.

După o lungă discuție, hotărâseră ca la prima călătorie să renunțe la serii, deoarece Juliette nu era sigură că va dori să treacă iar prin cutare sau cutare sat ca să lase volumul 2, 3 sau 12. Voia să-și păstreze libertatea, prețioasa libertate a cărei ucenicie abia o începea. Proust avea să rămână deocamdată la depozit, la fel și Balzac, Zola, Tolkien, cărțile lui Charlotte Delbo pe care, totuși, le îndrăgea, *Legendele clanului Otori* de Lian Hearn și ediția completă a *Jurnalului* Virginiei Woolf, cele trei volume din *Livre de Dina* de Herbjørg Wassmo, *Cronicile din San Francisco* de Armistead Maupin, *Darkover* de Marion Zimmer Bradley, *1Q84* de Haruki Murakami, *Omul fără însușiri* de Robert Musil și toate marile saga de familie ce nu puteau fi ținute într-o mână. Rămâneau cele într-un singur volum, cele groase, cele subțiri, cele medii, cele cu cotorul deja crăpat de cât fuseseră deschise și uneori uitate cu fața în jos pe o masă sau pe o canapea, cele rare, care încă miroseau a carton și a piele noi – cele care fuseseră îmbrăcate ca odinioară cărțile de școală. Juliette își amintea acele coperte de plastic rebele ce nu voiau să rămână la locul lor, strângeau cotorul cărții și îți lăsau palmele jilave.

Dar și aici trebuia făcută o alegerc. Nu era mai ușor decât clasarea lor.

– Mă întreb...

Așezată pe o cutie plină cu romane în format de buzunar, Juliette își mușca buza – toate eroinele din romanele de dragoste făceau așa – încruntându-se.

– De fapt, Y.S. nu-i o bibliotecă ambulantă. Dintr-astea există deja cu duiumul. Deci nu trebuie să am cărți pentru toate gusturile, toate vârstele, toate domeniile de interes ale cititorilor... Sau da? Ce credeți? Léonidas?

– Nimic.

– Cum nimic?

Léonidas, care răsfoia prețioasa lucrare despre insecte – o lua pretutindeni cu el în servietă – îi aruncă o privire severă pe deasupra ochelarilor ca niște semiluni.

– De ce ar trebui să am o părere despre orice? Vrând-nevrând, alegerea mea ar fi diferită. Și în momentul de față, contează a dumneavoastră.

– Dar trebuie să țin seama și de ceea ce le place cititorilor, se încăpățână Juliette.

– Credeți?

– Da.

– Atunci, întoarceți-vă în metrou și luați notițe. Ați făcut-o deja, nu?

Juliette dădu din cap aprobator. Da, începuse un soi de listă – mai ales cu titluri care tot reveneau. Cărți pe care le vedea în mai multe mâini, de mai multe ori pe săptămână.

– Dar nu sunt neapărat cele mai bune, argumentă ea. N-o să fac jocul, hm, marketingului editorial.

Léonidas ridică din umeri, plimbând cu drag lupa peste planșa în culori ce reprezenta o *Empusa pennata*[1], studiind în detaliu antenele bipectinate ce semănau foarte bine cu niște lemnișoare uscate.

– E nevoie de toate pentru a alcătui o lume, spuse el cu indiferență. Chiar și o lume a cărților.

Drumurile avură un iz de adio. Mai mult decât niște titluri de romane, Juliette culese imagini, notate cu grija unui îndrăgostit: o frescă pe care n-o remarcase până atunci, înfățișând o femeie în tutu sărind, cu picioarele îndoite și ochii închiși, în fața unui peisaj urban scos în evidență de nori având culoarea vatei de zahăr – de parcă dansa printre stele ori cădea sau se înălța în spirala unui vis; porumbei – porumbițe, hotărî Juliette – mergând pe marchizele de sticlă ale stației Dupleix; imaginea fugară a unui dom auriu; curba grațioasă a șinelor chiar înainte de stația Sèvres-Lecourbe (o coincidență?); un imobil oval, un altul rotund ca o plăcintă,

[1] Specie de călugăriță (n. tr.).

încă unul acoperit de plăci cenușii ca niște solzi, în care, atunci când metroul trecea, tremurau reflexii verzi, albastre, violet; o grădină pe acoperișuri; Sacré-Coeur în zare și vase mari de transport despicând greoaie apa fluviului, altele amarate, aranjate ca niște grădini cu rânduri de bambus, plantate în ciubere și cu măsuțe, scaune, bănci... Juliette cobora la fiecare oprire, schimba vagonul, observa chipurile, aștepta, fără să și-o mărturisească, un semn: cineva care să înțeleagă că ea nu mai era cu totul acolo, că deja se hrănea cu amintiri, să-i surâdă, să-i adreseze urări ca de Anul Nou sau o enigmatică frază pe care îi va lua ani întregi ca s-o priceapă – dar nimic nu se întâmplă. Pentru ultima dată ignoră scările rulante, sui treptele cenușii pe care sclipeau câteva particule de mică și se îndepărtă prin ploaie.

Și tot sub ploaie, o burniță persistentă, cără cutiile cu cărți pe care le alesese sau care cu șiretenie îi săriseră în ochi, nu mai știa foarte bine și, în fond, n-avea nicio importanță. Un lucru învățase: cu cărțile aveai mereu parte de surprize.

Rafturile pe care tâmplarul din colț le instalase (nu fără nenumărate comentarii ironice) erau prevăzute cu stinghii care se fixau la jumătatea cotorului, pentru ca volumele să nu cadă la primul viraj. O dată pline, dădeau vehiculului în interior un aspect bizar, dar primitor.

– E mai bine decât în biroul lui Soliman, constată Léonidas uimit. Cumva mai... intim.

Juliette era de acord: dacă n-ar fi trebuit să țină volanul, s-ar fi cuibărit acolo, sub un pled ecosez, cu o ceașcă de ceai și cu una dintre multele cărți ce îmbrăcau pereții, formând o tapiserie cu motive colorate și abstracte, cele roșii și verzi ca mărul țâșnind ici și colo printre clasicele coperte ivoriu, galben-pai, albastru-deschis.

În spațiul care rămânea – mai degrabă redus – îndesase toate cele necesare: o saltea rulată, un sac de dormit, faimosul pled, scaune pliante, un coș cu capac conținând puțină veselă și câteva ustensile de bucătărie, un mic aragaz de voiaj, niște provizii neperisabile. Și o lampă, normal, pentru a putea citi seara. O lampă pe care o va agăța într-un cârlig și care se va balansa, proiectând umbre mișcătoare pe cărțile aliniate.

Léonidas își făcea griji pentru ea; o femeie singură, pe șosele... Juliette îi vedea în ochii rotunzi titlurile de la rubrica de fapt divers, în timp ce el și-o imagina ciopârțită sub un tufiș sau violată într-o parcare. Era acolo, în picioare în fața ei – cu câteva minute înainte de plecare –, legănându-și mâinile cu un aer nefericit. Juliette îndesă sub scaunul șoferului trusa de prim-ajutor, apoi se întoarse și îl cuprinse în brațe.

– Voi fi atentă. Promit.

– Nu știți nici măcar unde mergeți, se lamentă el cu un glas pe care Juliette nu i-l cunoștea.

– Are așa de mare importanță? Credeți?

O strânse stângaci la piept. Oare de când pierduse obișnuința unor astfel de gesturi tandre?

– Poate. E stupid, știu. Dar aș fi mai liniștit.

Chipul i se lumină brusc.

– Așteptați-mă! Doar o clipă, vă rog, Juliette!

Se răsuci și plecă, mai mult alergând, spre birou. Juliette începu să-și mute greutatea de pe un picior pe altul. Anxietatea îi strângea stomacul, totuși o cuprinsese graba deja, graba de a termina odată cu despărțirea, graba de a face să huruie motorul și de a rula pe străzile cenușii, spre nu știa ce.

Léonidas se întoarse în același pas săltăreț. În dreptul abdomenului, impermeabilul stătea umflat într-un mod ciudat. Ajuns lângă ea cu răsuflarea tăiată, strecură o mână sub haină și îi întinse trei cărți.

– Prima este din partea lui Zaïde, îi explică. Era cât pe ce să uit, sunt dezolat. S-ar fi supărat pe mine.

Un exemplar din *Simple povești* de Kipling. Emoționată, Juliette îl răsfoi: fiica lui Soliman decupase cu atenție ilustrațiile și le înlocuise cu propriile desene. Un crocodil violet ataca trompa unui elefant cu ochii măriți de spaimă și cu picioarele foarte groase, o balenă cu ochi mongoloizi țâșnea din mare, o pisică se îndrepta cu coada ridicată spre orizontul unde dispărea ceva ce semăna foarte bine cu un camion mic și galben.

– *Eu sunt mâța-ce-pleacă-singură și toate locurile sunt la fel pentru mine*, șopti Juliette, simțind un nod în gât. Așa mă vede ea? Credeți?

– Dar dumneavoastră?

Fără a-i lăsa timp să răspundă, el îi luă din mâini culegerea de povești. Juliette își ținu respirația: recunoștea a doua carte. O văzuse adesea, așezată pe genunchii femeii cu fața blândă, Silvia, cea care alesese să dispară, să nu-și mai depene amintirile, să nu mai rememoreze aromele stinse, nici rănile ascunse.

O carte de bucate, scrisă în italiană, tocită, pătată, folosită frecvent.

– Am regretat foarte mult că nu i-am vorbit niciodată, rosti el încet. Am fi putut să îmbătrânim împreună. Să ne oferim încă bucurie. N-am îndrăznit. Mi-e ciudă pe mine. Nu, nu spuneți nimic, Juliette! Vă rog!

Buza de jos îi tremura ușor. Juliette încremeni. El avea dreptate. Să nu spună nimic, să nu se miște. Să-i permită să meargă până la capăt.

– Soliman mi-a vorbit puțin despre ea, continuă Léonidas. Nu mai avea familie, în afară de un nepot în Italia. La Lecce. La sud de Brindisi, în sudul Italiei. Îi mărturisise cândva că această carte era tot ce avea de lăsat moștenire. Că în aceste pagini se află întreaga ei tinerețe și patria ei, culorile, cântecele, dar și durerile, doliurile, râsetele, dansurile, iubirile. Totul. Așa că... nu mă încumetam să v-o cer, însă... aș vrea...

Juliette înțelese.

– Să i-o duc?

– Da. Iar ultima e un manual de conversație francez-italian, se grăbi el să precizeze. L-am găsit ieri într-un sertar de la biroul lui Soliman. Poate avea de gând să se ducă el însuși la Lecce, nu vom ști niciodată. La chioșcul de ziare din colțul străzii se vând hărți. Pot să mă duc să vă iau, dacă vreți.

– Sunteți atât de sigur că o să spun da? Și cum o să-l recunosc pe nepot? Îi știți măcar numele?

– Nu. Dar știu că are un mic restaurant aproape de *Via Novantacinquasimo Reggimento Fanteria*. E cam lung, într-adevăr, de aceea vi l-am notat.

– Trebuie să fie zeci de restaurante acolo! exclamă ea.

Apoi coborî ochii spre coperta cu nuanțe șterse. Legumele, ardeiul gras durduliu. Brânza crestată de lama cuțitului. Și, în planul secund, umbra unei coline, a unui măslin, a unei case joase. Parcă îți venea chef, își aminti ea, să intri în peisajul unei cărți. Să zăbovești acolo. Să începi acolo o nouă viață.

– O să-l recunosc, spuse ea brusc.

– Da, îi răspunse ca un ecou Léonidas. O să-l recunoaș-teți. Sunt convins.

Epilog
Juliette

Pentru ultima dată – cel puțin, ultima dată în acest an, mai departe nu știam – urmam linia 6. Dar nu în metrou. *Yellow Submarine* mergea în paralel cu viaductul porțiunii aeriene, cu viteza reglată după a trenului care părăsise stația Saint-Jacques în clipa când eu demaram de la stop. La Bercy, trenul va coborî iar sub pământ, în timp ce eu o voi lua la dreapta pentru a ajunge, pe Avenue du Général Michel Bizot, la intrarea pe autostrada A6. Intenționam să continui pe autostradă până la Mâcon; acolo aveam să părăsesc definitiv căile principale de circulație pentru a mă îndrepta spre Lecce pe cele mai mici rute posibile. Nu știam cât timp îmi va lua călătoria și mă bucuram dinainte de ea. Îmi închiriasem garsoniera când mă mutasem la Soliman, așa că dispuneam de niște bănuți, cât să umplu rezervorul și să-mi cumpăr de mâncare – în rest, aveam să mă descurc. Aveam o canistră și o geantă plină cu haine, o canadiană și cizme, manualul de conversație francez-italian de la Léonidas și cadoul de la Zaïde, și cărți, multe cărți.

Aveam, de asemenea, niște nume care îmi dansau în minte: Alessandria, Florența, Perugia, Terni și cel care mă făcea mereu să râd fiindcă îl asociam cu singurul joc de societate pe care părinții mei l-au jucat vreodată: Monopoli. În fiecare zi, o să arunc zarurile ca să înaintez câțiva kilometri, însă nu mă voi mulțumi să parcurg tabla de joc și să trec mereu și mereu prin aceleași căsuțe, voi avansa, voi avansa cu adevărat. Spre ce anume? N-am idee. După Lecce, voi merge poate până la mare. Apoi voi urca înapoi de-a lungul cizmei, pe o altă rută, voi merge spre marile lacuri și spre est. Sau nord. Lumea este absolut imensă.

Îmi venea în minte o seară petrecută cu Zaïde – cam ultima înainte să părăsim depozitul. Umpluse un castron cu apă, îl așezase pe masa din bucătărie, aprinsese toate luminile din cameră, apoi fluturase o pipetă.

– Uită-te! îmi spusese.

Semăna atât de mult cu tatăl ei când în ochi i se aprindea acea sclipire aparte, a magicianului care transformă într-un moment iluzia în minune și te face să reflectezi la realitatea pe care o vezi. Îi semăna atât de mult, încât am simțit iar lacrimi umplându-mi ochii, un val urcându-mi din stomac și oprindu-mi-se în gât. L-am înăbușit cu toată hotărârea de care eram în stare.

Fetița scufundase pipeta în apă, apoi o ridicase spre becul lămpii ce atârna deasupra mesei.

În globul de lichid ce se forma lent, captase toată camera: fereastra cu apusul pătrunzând prin cele patru pătrate ale ei, lada acoperită cu un covor roșu, chiuveta din care răsărea coada unei cratițe, fotografia mare fixată cu piuneze în perete, care înfățișa un migdal îndoit de furtună, cu florile smulse, luate de vânt, zbor de îngeri minusculi sau de vieți sacrificate.

– Lumea e foarte mică... Păcat că nu poți să păstrezi picături cu tot ce ai văzut frumos! Sau cu oameni. Tare mi-ar plăcea, le-aș aranja în...

Zaïde tăcuse, apoi clătinase din cap.

– Nu. Nu pot fi aranjate. Dar e frumos...

Șoptisem:

– Da. Lumea e foarte frumoasă... apăsând discret cu degetul la coada ochiului – blestemată umezeală!

Lumea îmi dădea impresia unui set de păpuși rusești: mă aflam în microbuzul care era el însuși o lume restrânsă și care rula într-o lume imensă, și totuși și ea foarte mică. În spatele meu, stăteau direct pe podea o femeie cu chip blând și obosit, un bărbat ale cărui brațe prea lungi ieșeau din mânecile prea scurte ale puloverului negru și, de asemenea, mama, îngrozită – părăsisem definitiv zona de siguranță pe care o trasase pentru mine. Erau acolo toți bărbații pe care crezusem că-i iubesc și toți prietenii mei de hârtie, dar agitau cupe de șampanie și pahare cu absint, și poeți săraci și alcoolici, visători triști, îndrăgostiți, oameni nerecomandabili, cum ar fi zis tata (ultima mea vizită la el nu se desfășurase prea bine, inutil să precizez). Familia mea.

Câteva sute de metri mai departe, a trebuit să las metroul după care mă țineam, ca să opresc la o trecere de pietoni. M-am uitat cum defilează prin fața mea toți acei necunoscuți pe care sigur îi întâlnisem măcar o dată în metrou, pe care îi recunoșteam, pe unii dintre ei după baston, după cum își ridicau gulerul paltonului până sub ochelari sau după rucsacul ce li se legăna între omoplați în ritmul mersului săltăreț.

Apoi am văzut-o. Pe ea, cititoarea de romane de dragoste, fata cu sâni frumoși pe care se mulau pulovere pe gât, verde-mușchi, roz-pudră, galben-muștar. Cea care începea mereu să plângă la pagina 247. Pagina unde totul părea pierdut. „E cel mai bun moment", îmi spusese Soliman.

În ceea ce mă privește, aveam sentimentul că trecusem de pagina 247 – nu cu mult. Doar cu puțin. Doar cât să savurez zâmbetul luminos al fetei care strângea sub braț un roman uriaș, de vreo patru sute cincizeci de pagini.

Chiar înainte să traverseze, l-a pus pe o bancă. Fără să se uite la el. După care a rupt-o la fugă. O idee subită o aruncase într-un vârtej, repede, repede, trebuia să alerge s-o prindă.

În spatele meu, șoferii începeau să-și piardă răbdarea, dar eu nici gând să demarez. Nu puteam să-mi iau ochii de la marginea cărții din care se ițea un semn de carte, drept și alb, tăiat oblic.

Am aprins luminile de avarie și am tras pe stânga, lângă trotuar. Trei sau patru mașini m-au depășit într-un concert asurzitor de claxoane și de înjurături strigate pe geamurile coborâte în pripă ale portierelor. Nici măcar n-am întors capul, n-aveam chef, dar chiar deloc, să văd priviri furioase și guri schimonosite. Să se grăbească, treaba lor. Eu aveam tot timpul din lume.

Am ieșit din Y.S. și m-am îndreptat spre bancă. Nu m-am uitat la titlul romanului, pe mine mă intriga semnul de carte. Am strecurat un deget între foile netede. Pagina 309.

Manuela își lipi fruntea de țesătura mătăsoasă a vestei de seară.

– Sunt atât de obosită, murmură ea.

Brațele cele mari o înconjurară.

– Vino, îi șopti la ureche glasul pe care ea îl auzea noapte de noapte în vis.

„Vino". Tulburată, am lăsat romanul să se închidă la loc peste bucata de carton. Cititoarea de pe linia 6 își abandonase lectura înainte de final – mai era aproape o treime din poveste, atâtea peripeții, plecări, trădări, întoarceri, săruturi, îmbrățișări fierbinți și, poate, o ultimă scenă pe puntea unui pachebot navigând spre America, cu două siluete la proră, un râs purtat de vânt sau tăcere, fiindcă poți fi copleșit de fericire ca de o pierdere iremediabilă.

Iată, scriam deja în minte sfârșitul cărții, poate tocmai de aceea se afla pe bancă, pentru ca eu sau altcineva să o iau, să o umplu cu visuri romantice pe care nimeni nu îndrăznește să le mărturisească, povești pe care le devorezi în secret, cu oarece rușine, însă ea nu se rușina, ea plânsese de atâtea ori în fața mea, în metrou, iar acum alerga pe stradă, spre cine, spre ce, nu voi ști niciodată, și lăsase cartea aici.

Mi-am lipit palma de copertă. Se udase puțin. Speram s-o descopere cineva înainte ca umezeala să pătrundă în pagini. N-o voi lua cu mine. Deocamdată hotărâsem să dau, nu să iau. Fiecare lucru la vremea lui.

Microbuzul era acolo, mă aștepta. Aveam cheile în mâna stângă, le țineam bine.

Înainte să mă întorc la el, m-am aplecat, am tras semnul de carte și l-am strecurat sub pulover, direct pe piele. Vârful lui mi-a înțepat sânul și mi-a plăcut această înțepătură – această mică durere.

Știam că ea avea să mă însoțească. Mult timp.

Citatele din Capitolul 7 sunt extrase din:

Homer, *Odiseea*, Cântul XIV
Violette Leduc, *L'Affamée*
Thomas Hardy, *Tess d'Urberville*
Marie Ndiaya, *Trei femei puternice*
Sandrine Collette, *Il reste la poussière*

Prima călătorie cu Y.S. Juliette a făcut-o împreună cu:

Palatul de gheață de Tarjei Vesaas
Owls Do Cry de Janet Frame
Minunata călătorie a lui Nils Holgersson
de Selma Lagerlöf
Min Bror och hans Bror de Håkan Lindquist
Tristan și Isolda, reconstituit de Joseph Bédier
La luce della notte de Pietro Citati
A Mercy de Toni Morrison
Călătorie în larg de Virginia Woolf
The Spinoza Problem de Irvin Yalom
Journal de Marie Bashkirtseff
Jocul cu mărgelele de sticlă de Hermann Hesse
Mudwoman de Joyce Carol Oates
Muntele vrăjit de Thomas Mann

La Naissance du jour de Colette
La Semaison de Philippe Jaccottet
La Voix sombre de Ryoko Sekiguchi
L'Espèce humaine de Robert Antelme
Emportée de Paule du Bouchet
Un caz de divorț. Povestiri fantastice de Guy de Maupassant
L'Offence lyrique de Marina Țvetaeva
Legături primejdioase de Choderlos de Laclos
Love in a Cold Climate de Nancy Mitford
Quello che resta da fare ai poeti de Umberto Saba
I Know Why the Caged Bird Sings de Maya Angelou
Un veac de singurătate de Gabriel García Márquez
I beati anni del castigo de Fleur Jaeggy
...Să ucizi o pasăre cântătoare de Harper Lee
Lolly Willowes de Sylvia Townsend Warner
Un suflet curat de Gustave Flaubert
The Guernsey Literary and Potato Peel Pie Society dc Mary Ann Shaffer și Annie Barrows
Cartea ființelor imaginare de Jorge Luis Borges
Visul din pavilionul roșu de Cao Xueqin
Însemnări de căpătâi de Sei Shōnagon
Nedjma de Kateb Yacine
Pe aripile vântului de Margaret Mitchell

Amers de Saint-John Perse
Inimă cusută de Carole Martinez
Eneida de Vergilius
Interviu cu un vampir de Anne Rice
Parfumul de Patrick Süskind
Russian Winter de Daphne Kalotay
Trebuie să vorbim despre Kevin de Lionel Shriver
Chroniques du Pays des Mères
de Élisabeth Vonarburg
Der Untergeher de Thomas Bernhard
Pădurea nopții de Djuna Barnes
Simple povești de Rudyard Kipling
Suspicious River de Laura Kasischke
Șotron de Julio Cortázar
Il giorno prima della felicità de Erri de Luca
Edith's Diary de Patricia Highsmith
Anna Karenina de Lev Tolstoi
Un petit cheval et une voiture de Anne Perry-Bouquet
Leul de Joseph Kessel
The Torment of Others de Val McDermid
Roșu și negru de Stendhal
Ice de Anna Kavan
Les pierres sauvages de Fernand Pouillon

Această listă – de altfel incompletă, dar era imposibil să menționăm toate cărțile îmbarcate pe Y.S. – este dată așa cum a fost alcătuită: în cea mai mare dezordine. Ceea ce constituie farmecul multor biblioteci. Puteți să adăugați cărțile voastre preferate, cărțile pe care le-ați descoperit, cărțile pe care le-ați recomanda unui prieten – sau celui mai mare dușman, pentru a înceta să mai fie așa, dacă magia funcționează.

Sau vecinei ori vecinului dumneavoastră din metrou.